U0606724

标准诗丛

害怕

王小妮集

1988~2015

作家出版社

害怕

王小妮集

1988~2015

王小妮

● 1955年出生在长春市。曾先后两次插队7年。1978年春考入吉林大学中文系。1982年任职长春电影制片厂。1985年移居深圳。2005年任教海南大学。出版有诗集《我的纸里包着我的火》《月光》等,随笔集《上课记》、《上课记2》等,短篇小说集《1966年》、长篇小说《方圆四十里》等二十几种。

目录

A 短诗选

1980年代短诗

月光

致另一个世界

B　组诗或长诗

C 随笔选

短诗选^A

短诗选 A

1980年代短诗

不认识的就不想再认识了

到今天还不认识的人
就远远地敬着他。
三十年中
我的朋友和敌人都足够了。

行人一缕缕地经过
揣着简单明白的感情。
向东向西
他们都是无辜。
我要留出我的今后。
以我的方式
专心地去爱他们。

谁也不注视我
行人不会看一眼我的表情
望着四面八方。
他们生来
就不是单独一个
注定向东向西去走。

一个人掏出自己的心
实在太真实太幼稚。

从今以后

崇高的容器都空着。

比如我

比如我荡来荡去的

后一半生命。

1988年 深圳

不要把你想的告诉别人

人群傻鸟般雀跃
你的脸
渐渐接近了红色的帷幕。
世界被你注视得全身辉煌。
可我告诉你
辉煌
是一种最深的洞。

无数手向你舞噪时
会场是座败园
在你的风里颓响飘摇
终于想到我的提醒了吗。

穿透我的白纸
能看见你那雪原灰兔的眼睛。
不能原谅那些人
萦绕住你
盘缠住你。
他们想从你集聚的
奕奕神态里
得到活着的挽救。

不要走过去。
不要走近讲坛。
不要把你所想的告诉别人。
语言什么也不能表达。

拉紧你的手
在你的手里我说：
除了我们
没人想听别人的话。
由我珍藏你
一起绕开光荣
无声地走过冻结了的人群。

但是，那是谁的声音
正从空中轰隆隆地袭来。

1988年 深圳

一走路，我就觉得我还算伟大

走上大路
我就觉得我还算伟大。

我和我的头发
鼓舞起来。
世界被我的节奏吹拂。
一走路
阳光就凑来照耀。
我身上顿然生出自己的温暖。

走路的姿势
是人类最优美的姿势。
我看见宇宙因此
一节一节
变成真的蔚蓝。

于是，很想哭
眼泪荡漾着簇拥
我想一个人伟大的时候
别人只能仰望他
只能低声流眼泪。
我现在恰恰被我自己打动。

你从快车道上来
你低着你的头
唯一的两只手
深深插进了口袋。
太阳和鲜花
都受不了这架势
现在，我已经薄得如一张纸。

按住你的嘴
胡子扎人的感觉。
你用你的整个神情说：
那好，现在就是好。
后来一切继续
像我所想象的那样高高兴兴上路。

1988年 深圳

死了的人就不再有朋友

穿军制服的人现在说
死了的人就不再有朋友。
那人提起一条钢造的右腿讲话
墓地上全是黑鸟
呀呀地翻飞。

但是，我明明知道我还活着。
活着，空气正从手指上擦过
手指正像金条一样闪光。
我活着
却没有人能走近我
没有第三只手
能拉到我的手。

门外跑过来许多长颈瓶子
闪动着说一些动听的话。
短促地看见
这样活着也楚楚动人。

黑领带拉长在地上。
目光四散
人们说我是美妙的乌有。

这我早已经知道
哪怕总是不确切地出现
背后跟着一棵丰腴的核桃树。

很静很静坐在异处。
看日看月
都不十分理想。
我有声地走近
世界就舒缓着向后退避。
学着花的样子笑笑
真好,没有朋友。

1988年 深圳

我看不见自己的光

晴好的一个早晨。
车轮和街都开始明亮。
我的床上是太阳味了
我发现
我没有我自己的光。

没有自己的光
跟着别人明亮。
关上了窗帘
有一道魅人的红色。
紧靠住它，还是看不见我自己的光。

我叫你！两岁一样
叫你叫你。
叫你叫你叫你
你该能把它找出来。

你微微地笑
一根发暗的枯茅草
我摇撼你
要阻止这枯草笑。
我要找到走过去很远了的

光芒幽深的背影。

很久很漫长
车也没了
太阳也累了。
从早至晚陷落在灰暗藤椅上。
忽然你像落叶一样飘走
向着傍晚有金边的路面
你说：我为什么看不见自己的光。

1988年 深圳

睡着了的宫殿是辉煌的紫色

我和你
睡着了以后。
我的脚步
孔雀一样幽蓝着跳跃。

它又从云中飘落。
我第五次
呈现葡萄汁儿的颜色。
天空仰伏在背后
暗而且无声。

我说这是真实
宫殿就恢宏地变成真实。
我说这是我
宫殿就闪光
使我看见我正在其中。

光着脚走过石板
梦举着肿胀的黑手
四面敲起了低音鼓。
世界见到我走来
它的翅膀开始拍打。

我嘲笑你
睡了就连夜被追杀。
你嘲笑我
幻想出这样荒诞的故事。
后来，我们趴在床上发呆。
天色一丝一丝明朗
提醒我们不能再做梦了。

站起来那时候很晚了
腰和腿都比原来还沉重。
当时人们正昏天黑地地下班
隔着窗帘
一只老鼠溜出了洞穴。

1988年 深圳

歌手在十二月倒下

那疯子把你杀了。
枪响之后
世界像一棵地震中米兰那样
站着，匀称芳香。

你在所有平复的地方
签写你的名字。
而鸟不能造太多的巢。
你选择圆眼镜
把苦难也变得圆润时髦。
早都该打碎了它
所以，守望又守望，很不耐烦。

我写诗的时候
就看见人们站在冬夜
黑冬冬
注视一具正流血的尸体。
一个女孩唱歌跑调儿
就在我头顶上唱。

用手臂阻止你
你红红的不要站起来帮我。

我想被枪击或被欢呼

我都要自己去。

我不会在四十岁倒毙。

我的悲剧

从此雄浑又幽长。

我向我自己举枪

别人会以为我在安静地看风景。

1988年 深圳

有人悲怆地过生日

相距够遥远的角度
有我这盏黑灯。
凝视这个晚上一会
再楚楚回到自己里面
十分宁静。
看你走远走暗
像亲手折下一枝黑郁金香。

人们全在微笑
世界露出些的牙齿。
蜡烛光
水妖似的皱动。
你的意念
张张合合，是一只发慌的蚌。

浅浅看碟看筷子
大气宽厚地漫过桌面
这世上唯我有金属质的自信。
伸出手去取点什么
看你怎么样走过这一截窄桥。

每一天都够污浊

餐巾擦过了鞋擦过了脚
重新折叠出花纹。
生你的那块天空
今天恍然想要变蓝
可是太吃力了。
地面满是灰暗的乱脚印
四处吱嘎吱嘎
鞋踩着黑雪在响。

1988年 深圳

我守候着你想哭泣的时候

你的手臂
是一只发抖的冷鸽子。
我知道
水流到人体里十分必要。
太必要了
它又想流出去。

哭泣的感觉
是误闯了玫瑰花丛的感觉。
你不能掩着你的门
阻止那迷人的鸟。
黑暗里
满是扑朔如雪的翅膀。

它现在鼻子酸楚
看见一个人沉思
它就受不了。
这世界本来是水的世界
柔软像你我的手。
眼泪摸索过来
死后的门窗也会呀呀洞开。

哭起来才真是动人。
走到灯下面来
我帮助你
看见石头被这细流冲刷
呈现石头父母们硬朗的光泽。

1988年 深圳

你变绿后，我就什么也不写了

今天早晨
你走到棕榈树那儿
棕榈像真海一样大片波动。
突然看见你
随风哗变成了绿色。

你变绿以后
世界一段一段枯竭
你用无数只手扑着叫我。
纸在空中凌乱
我写的诗纷纷走散
乌云追随着乌云。

现在我感受到你
五岁小梨树般的眼睛。
诗意全都苍老
中国字已经长胡子
写诗的人脚趾头也生胡子。
而我还有劲，我还能走向你
路上有了太阳的影子
是今天早上
那只新鲜的太阳。

我想

我变成一块

暖和又生满青苔的白石头。

石头安静

体验随你变绿以后的

滑润的生活。

1988年 深圳

不要帮我，让我自己乱

我的手
夜里睡鸟那样合着。
我的手
白天也睡鸟那样合着。
你走远又走近
月亮在板凳腿上
对着你的门口在微笑。
没有人知道
我站我坐
都是一样的乱。

平凡的人趿趿路过窗口
路边有许多幸福鼠洞
生命多繁忙。
睡鸟醒来
树林告诉大家，树林很累。
鸟什么都看见了
鸟的方式乱语纷纷。

我的世界里
不停地碰落黑色芝麻。
没有泥土

只有活得不耐烦的芝麻。
站得太近了
连世界也看不清
我是一个自乱者。

让我向你以外笑。
让我安详盘坐于世
独自经历
一些细微的乱的时候。

1988年 深圳

给走到很远的另一朋友写信

什么也不能告诉你
那件事已经弥漫
她好像只是临时走开了一会。

几天没有伸出手。
没有用它
认识人或者拉住人。
停在喧嚷的广场
迎面走来密雨似的细节
什么也不想说。

一只黄格沙发
三分钟后变成红色。
青树枝不说话
因为它在最鲜艳时被折断。
首先离开的是身体右侧的温度
刀噬噬叫着
金属比人更加胆小。
她曾经去过湖边
可是湖面栖满了水鸟
它们都在睡觉。
湖里已经没有了位置

死也是很拥挤的。

见过她笑的照片
像很多女孩一样动人。
她打动世人的时候
苍白的橡树脱尽了全部叶子。

坐久了就站起来。
变个姿势还要什么原因?
早晨大家都听见了太阳的一声叫
突然黄色调成了红色。
这个故事
终于停在了调色板上。

没有什么需要解释
一切完了。
她结束的时候
你刚好正在开始
就是这样。

1988年 深圳

我爱看香烟排列的形状

坐在你我的朋友中
我们神聊
并且一盒一盒地拆开香烟。
我爱看香烟排列的形状
还总想
由我亲手拆散它们。

男人们迟疑的时候
我那么轻盈
天空和大地
搀扶着摇荡。
在烟蒂里深垂下头
只有他们的头，才能触到
紫红色汹涌的地心。

男人们沉重的时刻
我站起来。
太阳说它看见了别的光。
用手温暖
比甲壳虫更小的甲壳虫。
娓娓走动
看见烟雾下浮动着许许多多孩子。

我讨厌脆弱

可泪水有时变成红沙子。

特别在我黯淡的日子

我要纵容和娇惯男人。

这世界能有我活着

该多么幸运。

伸出柔弱的手

我深爱并托住

那沉重不支的痛苦。

1988年 深圳

应该做一个制造者

有一年他们命我制造麦子。
我的手臂快熟了
脸上在生芒。
又有一年他们命我制造麻绳。
有许多时间
思想缠绕乱作一团。
现在，我坐在天亮前写诗。
你说我脸色不好。
得了病了。

得这病的时候
你正从国的南跑到国的北。
你说，你的脚步在变轻
可我的病太重了。
从失血的云层飘来了降落伞
我正在下落。
我写世界
世界才肯垂着头显现。
我写你
你才摘下眼镜看我。
我写自己
头发压得很低，应该剪了。

请你眯一下眼

然后不要回头，直接走远。

我要写诗了

我是我狭隘房间里

固执的制造者。

1988年 深圳

我走不进你的梦里

靠在黑暗里注视你。
看见你落进
睡眠那只暗门。
看见你身上
沾着天冬的果子。
你的梦拉皱我的白床单。

趁你没有思想的时候
把我的手放在你的手里
世界又暖又怪
能有这么不同的两件东西。

后来你讲梦
你随着一辆跑车颠覆
见到无数的绿血。
你的声音空井一样吓人
我要掩盖什么
双手伸出去就雾一样无力。

能把晦暗的早晨变得明媚
可是我走不进你的梦里。
别阻止我哭

可能这个世界

只是安排我带着水袋来观望。

城中的自鸣钟没响

钟没响

但是，我该飞了。

1988年 深圳

让这个人快乐吧

黑夜很摇荡。
世界又变成
一棵发闷的大矮树。
路比雾还稀薄
我发现
我这走法
哪儿也不能到达。

事情紧密进入了夜间
双手蜂群那样迷乱
无数乌鸦
突然从云里掉出来。
真像预想的
你走以后
我将害怕每一片开阔地。
人多么奇怪
怕狭窄，其实更怕宽阔。

远草站拢，靠向了天边
面粉人一样摆动
四面都远
四面都不呼吸。

没有你，我只能傻走
大气的里面又黑又冷
不亮也不温暖。

谁能走近来
谁能无限靠近我
谁肯在泥泞时高举起人道
黑夜该另造一颗太阳
热的，有八条灵活的手臂。
谁的手能为我而生
谁能在这个晚上
让这个人哗哗快乐。

1988年 深圳

通过写字告别世界

在二十年前抄着手
我的老师
是一枚夹竹棍的蓝瓷器。
她永久地在
总有柔软绸子质地的光
注视我写汉字。
捏着笔的手痛。

什么什么都能背叛
但是，我不能移动她
我搬不走她。
路走多了，脚也有了灵魂
我写的字
一串串潦草飘荡
是我，让它们
享受到了缭乱的自由。

一帮人围着一只大蜻蜓
嗡嗡嗡嗡
他们说飘洋过海实在痛快。
在黑处抄着我的手
何必要走那么远。

告别有无穷的方式
我要厮守
从小就艰难学习的这些字。
她的蓝光日夜都在。
许多古老的死者
将在我的白纸上
灵魂重现。

1988年 深圳

你站在那个冷地方

雪下得很大。
两千公里外你的雪很大。

我听门
把门听成了风。
我听风
又把风听成了人。
伸手推翻全部站着的事物。
真想你突然
灿烂地撞到我身上。

等待最后等到发黑
我要收回我全部的金质听力。
太阳英明
没有耳朵
落山以后都是独自一人。

我坐下来
世界又是一大瓶透明的净水。
现在，我能看见了
你站在那个冷地方。
膝盖以下

我摸到了四季的雪
寒冷把你包藏在其中
我想那一定充满了白的严肃。

我会永恒地具有那个热的你
我们不说话的时候
天空一片婴儿似的蓝色。

1988年 深圳

那样想，然后这样想

首要的是你不在
首要的是没有人在。
家变得广阔
睡衣凤凰般华贵
我像皇帝那样走来走去。

灯光在屋顶叫得很响
我是它高高在上的回声。
一百六十四天
没人打开我的门。
我自然而然地做了皇帝。

穿上睡衣
日日夜夜地走。
我说话
没有什么不停下来倾听。
灰尘累累衣袖变厚。
平凡的人
从来没有见过
这么多会走会动的尘土。
从市上买回来的东西
低垂下手

全部听凭于我这个
灰尘之帝。

报纸告诉我
外面永远是下雪的日子。
你再不能
二十岁般跳进来。
一百六十四天
你到人群中去挤
变得比我还伟大。
我干脆不想伟大
这个世界无法清点所有房子
没人能寻找到我。

你不要回来
不要给我形容外面。
东方帝王
不必看世界
你让你的皇帝安息吧。

1988年 深圳

晴朗漫长的下午怎么过

太阳照耀我
看完一本圣贤书。

古人英明
让精神活到了今天。
但是他们没有说明
怎样过下午。

风花雪夜月全都扫兴
太阳飞碟一样侵犯我。
晴朗起来什么都想
可是一个人
活着,又过于瘦长。

看书不如看大街
把表针看成巨人脚
把窗子看成方块的脸。
隔着百叶窗
人影一节节拖长
谁也扶不起它们。

我看见远远地

你裹着一团你的下午
手上乱七八糟
总好像在做事情。
我要隐藏很深。
真怕你
从正午的高坡走下来问
晴朗漫长的下午
通向哪里。

突然有什么嚓嚓走近。
末日硕大
阴沉下了脸
这个下午终于完了。

1988年 深圳

紧闭家门

睡醒了午觉
我发现
在这个挺大的国家里
我写诗写得最好。

最好这想法
秒针般繁密地滋长
鼓声不断
由你冲撞向我。
荒草
钟一样哇哇报时
我明白
到了必须闭门写诗的时刻。

紧闭家门
重新坐下来喜爱世界。
四壁的霉斑
为我的坐姿悠悠闪亮。

让深陷重围的人们
八面去听
正想申辩的人们突然停止

随意把字写到纸上。
从来没人认识诗
从来没人
想独自一人活出优美。

太阳啄我的薄门。
告诉它
有人正在写诗。
你的眼睛
巨大地浮荡在上。
满天星球
在你背后左右怂恿。
我要警告万物保持安静。

那一团幻觉
穿透四壁
正慢慢飘荡
走来了我悠悠的世界。

1988年 深圳

半个我正在疼痛

有一只漂亮的小虫
情愿蛀我的牙。

世界
它的右侧骤然动人。
身体原来
只是一栋烂房子。

半个我里蹦跳出黑火
半个我装满了药水声。

你伸出双手
一只抓到我
另一只抓到不透明的空气。
疼痛也是生命
我们永远按不住它。

坐着再站着
让风这边那边都吹。
疼痛闪烁
才发现这世界并不平凡。
我们不健康

但是还想走来走去。

用不疼的半边
迷恋你。
用左手替你推着门。
世界的右部
灿烂明亮。
疼痛的长发
飘散成丛林。
那也是我
那是另外一个好女人。

1988年 深圳

不反驳的人

我坐着。
太阳眼下一只白瓷壶。
久坐不动
全身平静的寺院。

有人突然吼叫
吼声缩小我
老板的五官全都锋利。
我注视这世界被全身掀起时
那仓皇的一瞬。

比嘴巴还大
吼叫一定十分过瘾
但是我不反驳。
站起来的万物好寂寞
太阳下面添三只瓷杯
流出的水也叫着
萤火虫在烧灼手指。

三个胖子轻蔑地坐世界
半小时一次，给人躬身引茶。
天空从不直视我们

乌云一代代蹲在头顶。

吼叫是晶亮的刈刀
可草原早就坐等着荒废。
我已经不是青草
从小呼吸着枯枝败叶
学会了手持瓷壶不反驳。

1988年 深圳

失眠以后

我要到榕树尖上睡
我要到电话线里睡
我能创造出我自由的方式。
带着大鸟飞翔一样的声响
离开不能喘息的软床。

在暗处
什么都敢想一想。
再没有人凶悍地走近
连罪恶都睡得喷香。

表针一声声问我几点
声音像锌罐被踢近又踢远
我随便说几
现在都是真理。
我说我有十六只手
怎么想象我这十六只手臂
弯曲美丽
上下左右烘托着身体。

世界有半面乌黑
我们也半面乌黑。

世界垂下头的时候
我们灿烂失眠
成为一个光芒万丈的好物体。

头脚分离的人世间
谁能经受得了这样的晚上。

1988年 深圳

不能让空气出现孩子味

我看见无数只手
在茶杯上犹豫。
天空张开枯黄的嘴唇
这已经是真的黄昏。

我看见你蓝调子的想法
试图打开我
但是玻璃都不再透明。
无论你培育了多少只手
我的周围已经成熟。

你搭车来的路上
灯塔正懒猫一样倒塌
瞭望使人头疼
年轻的枝头都不讲话。
你该后退
太阳灯会在一步以后闪亮。

不能让空气出现孩子味。
我举起我的茶。
你不要提起过去

我是矛的时候

又同时是盾。

1988年 深圳

注视伤口到极大

我信上说手指流血。
创伤早晨走来
红翅膀扇动墙壁。
伤口明亮
眼前出现一只拱门。

只有我还柔软。
你走以后
世界的质地突然生硬。
睡在床上
也会割伤手指。
为你幽闭的血管
顿时欢畅
像打开了黑色音箱。

用眼睛与伤口谈话
花朵越开越大
我告诉你
我要携带生长着的伤口
优美地上街。

鲜艳地闯过红灯

红色不怕红色。

前前后后

这么完整，也算一种刺激。

完好的路人缩在

狭小的衣袋里

严密又温暖。

连伤口都没有的人好无聊

嘚嘚嘚嘚，只能不断向外面渴望。

1988年 深圳

许许多多的梨子

植物的声音
在桌上光滑地演奏。
像婴儿站在燃烧的鲜红草坪上
苍白得要死
我第一次听到植物的呼救。

甜橙似的灯罩下
一双手灵巧透明
敏锐的刀游动而来
你忍不住把梨子削得这么响。

果实悬吊在树上
随风自由。
你优雅地转动着刀
优雅地伤害
刀影蛇形走过
突然游动出了清脆的强暴。

我贴近看我的双手。
观察我日夜喜爱的别的双手
只只充满杀气。
但是有许许多多的梨子

树轻易地
哺育又摇落它。
许许多多梨子的地球
人们一见了就想要它们。

水的世界

水没有学习语言
占据了四分之三的地球
那么大
就不需要说什么话了。
水溜溜达达
沿着海的边沿
造访人类。

人到处挪动石头
垒过来垒过去。
人把石头们一一敲碎
弄出一个又一个花花世界
像主人一样住到水边。

地球仍然椭圆又起伏
白天转晚上也转。
水四处流淌
不准备说话。
人类的忙碌使它十分想笑。
三个孩子跑过来
哗哗哗哗涮他们脚上的泥。

水的声音在水面上耸起

它真想学一句

人的咒骂。

1988年 深圳

黑暗又是一本哲学

黑暗从高处叫你
黑暗也常从低处叫你。
你是一截
在石阶上犹豫的小黑暗。
光只能照到台阶
石头歪斜着得意
光芒幻想美化这个世界。

穿黑衣的人现在就跑
什么也别留下
快一点
别忘记拾走刚掉的黑纽扣。

1988年 深圳

当你撞上死亡

海洋突然间用身体歌唱。
你抓紧了海面
丝绸起伏，一阵忧伤。

无数只有光的筏子从上游漂来
一棵棵飞快掠过的树
在幽暗中摩擦你。
那是我变的海
那是我晒干了的调色板
是因为我，它才心地纯蓝。

晒太阳的下午
我们抓到无数死掉的影子。
迎面一个个界碑倒下
突如其来的事情
格外的迷人。

我的海永远不可测
颠簸着从大合唱的最低处伸出手。

1988年 深圳

二十六日不送朋友去印第安纳

雨自然而然
垂下来
衔接起互不相干的事情。

在转弯里滑翔的
是一只鸟的细目光。
无数无数
坚固的水泥间
睡着昨天以前的人。

运用什么
能在不明确的早晨
把桌面澄清。

你红锚一样转身
成了过去的水。
云淤积着
包裹住恢恢的头顶。

在球的两边

雨都要盘旋着打湿树。

哪一天都不重要。

1988年 深圳

夏天的姿势

左手和右手倒背着
走过这地球上最吵的季节。
夏天在我的灌木丛里
像烧起来的年幼的铜。

总不能想象
有风车那样舒展。
有时候真奇怪
能自由的都是那些看不见的气体。

有人强有力地踩过麦田。
农民滔滔不绝的力气
起伏在他的脚踝。
可是一群饥饿的马
却突然出现。

人种下麦子
麦子喂饱马
马漂亮了草原
夏天是我们追逐玩耍的主场。

如果我想谈话

一棵老树会走下山顶

可我能陪它讲的全是废话。

夏天最好的动作是

一本书也不看

一步路也不走

倒背左手和右手，呆着。

1988年　深圳

手拿菠萝的人

手拿新鲜菠萝的人
从亮处走下来
掌握了金色果实的香味。

通向我的道路
弯曲像一条蟒。
脚步落在尘土里浮悠奇妙。
我不想看清任何一个迎面而来的。

土地以上
堆积着高尚的味道
大星球的气味。
而果实们不得不躬身向下
坠落在我们之间
它们要在消失中被喜爱。

手执菠萝的人现在走了。
多么细小
北风中一根褐色松针
大团的香气还在。

1988年 深圳

很纵深的房子

桌上有芒果
放射出一团黄色。

我打开今天的窗
房子拥塞着
一直香到心里的芒果。
阳光笑得像女人
暖和又富有牵拉力
果子们争着在她身上荡漾。

许多年来滚落的
不只是青果
强盗和大王的头颅
也回到了地上。
辉煌是一座只装光的宫殿
而我们只管造自己的矮房子。

不停地闻到
活泼的金色地平线。
闻到我深陷在土里的美丽。
做腻了现实主义者

今天很愉快

走出深宅接见香芒果的好日子。

1988年 深圳

一个话题

大胡子走来
背包摊在灯下。
大胡子的样子
是迷了路的一队侵越美军。

那天他说
你坐在沙发上
怎么会那么明亮?
大胡子徒有黑黝黝的毛发。
忧虑和明亮
都有点哲学。
而结论都可以自由转换。

现在我坐在了竹椅上
现在一败涂地。
门外的人极其耀眼。
只有我坐在家里的暗处
看着人看着树。

大胡子很久没来了
有时候忽然想起

没人像他那样沿着门边走过来说话

坐在灯下，真会明亮吗。

1988年 深圳

骤然震响的音乐

坏兆头俯冲进房子
最后通过了门。

黑色的触角
在有光斑的地方浑身闪烁
有手又有眼
遍地跳出骚乱的灵魂。

满世界奔跑
歌颂人和人凑在一起的时刻。
而我就在这无形的面孔中摇着
坏时刻就这么到了。

每天打扫
每天没一块干净的地方。
我要引开它们
戴着助听器还是窃听器的邻居
笑着关紧了他们的门。

撞来撞去，我的十平方米受不了了
本来藏好的苍白的一朵棉花。
远处的扶桑花横冲直撞

跌倒在这么多的红里

以后还能躲去哪里。

1988年 深圳

九月所见

窜动如无数猛兽的河

一条长的火，一群猛兽
谁把愤怒迎头泼向它身上。

滑软的外衣碎了
白骨头挣脱出了安静的肉。
一头头都按捺不住，都跳起来
前面在逃，后面在追赶。

身体没了，只剩滔滔白浪
撞出一条发怒的路。
仇恨全身翻开
气势越跑越白
寂静压紧了天地的四脚
山吓得很小。

我惭愧，我怕被一条河感染
就这样远远地看这群疯龙饿虎
骨骼嶙峋奔向人间的低处。

白马正像鸽子一样经过

像未成年的鸽子
没做过信使，没衔过橄榄枝
没犯过错误的胆小飞行者
人间不理解的那种轻
突然就到了眼前。

草沫的气味外加小步跑的哈气
微微有暖和接近
回头就碰到它多棱角的脸。
人和人不会有这种近
尾巴正随着风
鬃毛挂满苍耳子和无花果
谁给它打扮得这么自然。

像大动物那么从容
小动物那么单纯。
白色的马都不说话
没什么可说的
或者全无声响就像这样过去
或者猛然起身带起一束光去奔跑。

女人们一团乱云过马路

隔着玻璃窗我看见女人飞渡。

有人太热爱马路了
她们把最小的奇迹变出来。
世界给弄得很满
纸币一张张飘过
体积更大的东西都来到她们手上
满足来得太容易了。

所有这些一起悠悠地过马路
风也转得晕了
忽东忽西找不准路。

多么养眼的一幅挂画
彩色马赛克拼起过街的女云彩
手不能空着，心不能安静
她们正用自己雕饰这年代。

后来我离开，她们也不见了
空空的街上只有招牌闪烁。
有人说过去什么也没有
现在什么都有了。

色彩斑斓的田野像鹰飞起来

西边那片田野
黄泥的房屋青皮的白菜
挖土豆的人穿着油绿的水靴
那么大的一片它自己翩翩起飞了
平平地挂在天的侧壁。

现在我有点满意
神仙们全住到上面
天空才不像从前那么空。

我还得留在地上
大道理们缩进鹰的家里睡觉。
我在惊奇红红绿绿种得满满的田野
原来不需要翅膀
微微一倾斜就飞起来。

你们都飞了才好
把天空塞成一家旧货店才好。
剩下的劳动留给我
看看左右
我要彻底打扫一下地狱。

2003年4月11日 深圳

月光

绞刑

云彩很多。
仰头时想到了绞刑
蒙眼布和绳索，有缝隙的活动踏板。
我仰头，等着最后的扑通一声
你们谁来动手？

心跳，脚能探到的全是向下的台阶
真不是什么好感觉。
月亮还隐约吊在高处
真是平静，已经死过，已经凉了。
今夜该轮到哪个
行刑人在暗处抻他的皮手套。
黑漆漆厚云彩翻卷
扑通一声。

执灯人

月光正来到这孤独的海岛。
连绵的山头一个个亮了
一个个胖墩儿似的执灯人
一个接一个慢吞吞地传递
看上去那灯很有些分量。

守在窗口，隔一会，忍不住看一眼
那浩浩荡荡的光明队列
好像和我有关
好像我还有机会加入
好像我也有机会去端一下那高处的光亮。

好像还懵懵懂懂有妄想。

在十九楼天台上

丰盈的光的池塘
送我白衣裳。
今晚的光亮就停在人间第十九层。

城市实在太亮太炫了。
小地方的来客
独自旅行的月亮还没进城就紧张。

幸好我在这儿等它。
台上有糯米酒
草蒲团下压着野菊花
我们盘坐，只说小酒馆里的故事
半明半暗里那么多的蒙面英雄。

乌云密布压到了地

月亮偶尔挤出来
立着，寒光挑开众猛兽。
云的厚皮被剥落
嚯，有黑有白。
从古到今，每年每月
那耀眼的复仇者占据制高点
在人不可接近的地方依旧伤人。

乡村里有人走出
月亮正被遮住，他紧跟着灭了
多骨头的脸上有青光
两只粗手下沉
满满地提的是乌云的肉。

今夜我出门在外
深一脚浅一脚
不得不穿过众多失血的尸体。
乌云里藏着刀哦，想不害怕都不行。

去上课的路上

月亮在那么细的同时，又那么亮
它是怎么做到的。
一路走一路想
直到教学楼里电铃响
八十三个人正等我说话。
可是，开口一下子变得艰难
能说话的我去了哪儿。
也许缺一块惊堂木
举手试了几次，手心空空。

忽然它就出现了
细细的带着锋利的弧度
冰凉的一条。
今晚就从这彻骨的凉说起。

菠萝熟了

喂，月亮，早听说你的威力
现在，你跑到我眼前
安静又辽阔地照进了这片菠萝地。

刺猬们列队享受月光浴
甜蜜的墓园
一片灰白。

我心惊胆战
失败者竟然都活着
能闻到菠萝毛刺的气味。
满心的害怕，横穿过这遍地骷髅
它们鼓着，个个都受够了
个个都等着爆出来。

凌晨蛙叫

池塘上
这么多亮片，这么多流光
蛙们争着探出水面
拿额头撞空气。
月光散漫，出卖这些不睡觉的哑嗓子
四爪暴露，胸脯鼓起
两腿有弹簧。

水影儿给搅得好污浊。
破了的荷叶下
四处有埋伏
月亮趁乱照到了池塘的身体。
睡得太沉了
水里鼓着他的白内衣。
这群蛙一直吵着疲惫的杀手
催他天亮前要动身。

仇恨

没有月亮的这一夜，什么都出来了。
太白星和大熊星座
神仙和猛兽远远地躲着喘气。

一个念头
草棚下走出蓬头的少年。

喷水磨刀，月黑风高
拇指再三拭过那一条光
猛地起身，白晃晃的什么也不怕。
究竟是什么仇哦
等不及披件素白衣
等不及月光照上红土路。

被卡住的感觉

黄的月亮
卡在烂尾楼和乱电线之间
熟透的木瓜
无论如何都被擎着，不给它落地。

着急的黄，明艳的黄
就要烂在空中
吐出鱼眼般的种子
鱼群正想去天空中游水。
城市带点鳞光，人间全是皱纹
哦，卡住了
不死不活好难受。

刺秦夜

一切都要赶在月出以前。

没人发现他
松林慢慢拉下黑面具
荆轲也许就在左右。
不知道这一刻
他投下多少挎刀的影子
大地紧闭，按紧了勇武的心。

银光高升，月亮蹦出来
树的血管条条透白。
今晚月光沉
快被压断气了
几千年的灰土
使劲使劲一阵拍打。
没心喊什么荆轲
趁黑动身的，谁不是孤身一人。

2009—2011

致另一个世界

致雷雨

多余的人都要被收回去。
天在摸黑点名
这仪式需要隆重
轰轰烈烈丢盔卸甲。

玻璃拍着太脆的心
早知道有这么一夜。
天上就要满了
抬头见到的都是熟人。
闪电蹦出来，露一下笑脸
这么多的激情满街乱串，最享受了。

致蹲下去看鱼的人

我的学生在看鱼
看肚子朝上的几个还有没有呼吸。

药片大的不嚅动的红嘴唇
铅坠，小刀，指甲钳。
流水很惊悚
它们死后都会跳起来的。
看那光
六月的太阳像针刺。

致大广坝的木棉花

我在现场
树在落花，泥土出血，红上加红
木棉笔直，扮演受枪伤的英雄
越流血站得越直。

遍地禾苗在起火
水牛拉犁，折磨田里的红泥。
一坨花刚落
英雄的头扑一声着了地。
我在现场。

致正在建造的木船

搁浅的大鱼倒立着
骨架侧在沙上
有人敲打它全身的白骨。

木船哦木船
还没点睛的空眼眶
人即将是它肚子里唯一的食物
我们被它咬得好紧。
鱼一上岸就死了
只有它正密谋着重生。

致阴沉的11月9号

有浓云，海岛斜着
什么东西就要从沉重里跳下来。
就要跳下来
跳下来
或者双手能接住它。

一直在看天
那可真是一件好东西
比我见过的任何东西都好
太低太沉太黑，太多翻来滚去的黑瘤子。

致强劲的早雾

雾哦，把世界吞没
比烟火快十倍，比革命快得更多。

多肉的大嘴吸走南中国海的边界
白软的肚子想来保护每个人。
世界没了，只有我和我手里这杯咖啡
冬天的骨瓷温烫。
多突然的美哦
藏得好舒服
你们总是胜者
所以你们当然不懂得。

致光荣了的诗人邵春光

这一年这个春天，风真大
顺便把邵叫走了。
尘埃忽然需要个带路人。

这一年这春天不是来送和煦的
它急着发出光荣证
受勋者只有一个
邵就这样被匆忙点到名。
世上少了个玩家
他不稳定的一生只管写小诗
写失败怎样玩弄成功
给这两个对手颠倒换位
他得到的欢乐最多。

跟着风走走很不错哦
写诗的人邵春光。

致投在教室天花板上的银河

听说这就是银河
下面发出赞叹。
有人冲过去拉窗帘
几幅布使这教室独立于世
每人每两只眼睛闪闪发亮呢
我们这些星星。

太小太密的斑点
一大团鸟努力飞进了没有。
四周都是天墙
某教室里微微有光的这几十个。

静死了，有那么一小会儿
因为重新看见自己
张着嘴巴吃惊。

致京郊的烟囱

天上最空荡的地方
高大的烟囱正喷出浓烟。
滔滔不绝的黑鬈发
北方姑娘那根粗壮的独辫子。
浓密又翻滚
蛮不讲理地甩出去
正在气头上的灰姑娘。

谁也不能说服她回家
那恶霸一样的水泥烟囱是她爸爸。
愤怒在推她，跑向更大的灰幕
她要站起来吗
她这是要顶破天吗。

致比蓝更蓝

天空露出了真样子。
比蓝更蓝。
无论我走得多快，它都要紧跟。

我们一起，穿过大片垂着头的柿子树
果实乖乖地落到它的身上
傻掉的大地失去了引力
真正的蓝要把它喜欢的都带走。

孔雀，啄木鸟，鹦鹉，多腿蜈蚣
你们跟上这天空和他的红果子
走得越远越好。
有点头晕，我得留下
我不能上天
想来想去，配不上这纯粹的蓝。

致新年

手拿铲子，站在风中
天上乱得很，云彩们猴儿一样急。
壁虎断了的尾巴在跳舞
短的红闪电。

另一只手握满了种子
我要决定这些植物生在哪片阳光下
这事儿值得再三想。
新的一年要更耐心
还要知道地球的形状是圆的。
不管你们急着嚷什么
这可是一些命哦。

致感觉2

你觉得你还在这世界上
你觉得藏身在一个温滑的瓶子里。
瓶口有点小，让你害怕
还不至于马上被吓死。
可你不知道是不是被安全地盛着。

你就是我
因为这世界上根本没有什么你。

你和瓶壁间好像还有点空隙
这算是什么
满是参起的刺。
趁着所有的感觉还没全磨掉
记住这倒立的细口瓶子
记住它溜溜光的怪异。

致朗读者纳沙

叫纳沙的台风来了
看他迈出的第一步有多大。

大踏步的纳沙疯掉了
嚎叫代替语言
他用光的速度朗读。
看看谁在加入疯子的队伍
栅栏，毛巾，树根，广告牌，发射塔。
躲在屋子里的人都激动了。

纳沙已经占领了人间。
古人说愤怒出诗人
因为古人还不认识纳沙
这家伙的朗诵才是最高的愤怒。
我得坐起来听听。

致灰霾

一个个路人都钻过来了
能看见推车人脸上的皱纹
哦，那可真像一张抽巴的状子。

终于来到了近前
汽车前窗贴着蜜蜂们折断的翅膀。
努力让自己显出来
谁也不想就这样被埋没。

谢谢这混沌的末日
让我发现每一个微小可爱是怎样挣脱的。
宝宝紧兜在前心
那个有辫子的小妈妈还能念儿歌
我的天哦。

致凌晨

三点，到院子里走走
影子很薄，也不是特别黑。
天上什么都没有
地上也一样
绷紧的塑料大棚里一样。

一保安骑车过去
头上有白物窜过，像个飞盘。
时间陪我又走了两圈
表针跳向了四点，鸟们开始聊天。

睡过去的那些布偶
一个个都醒过来就没趣了。
失眠的幸福你知道吗
在这密不透风又忽明忽暗的棚子里。

致鸡蛋花

不是应该的香
是土壤里最黏最粗粝的那一点。
光照到它只是几分钟
从白到黄
安静又欢乐
最先叫它鸡蛋花的简直是个天才。

今天是花，明天就是垃圾
明天就和垃圾一起去铁桶里。
那桶是圆的，比圆还圆，比圆满还圆满
要为垃圾有贡献
鸡蛋花开在某人的祖国。

致不认识的鸟

失眠，鸟们开始叫了
很多很多的喙
在心的四周啄洞。
天亮还早，它们争着喊叫
磷火，跳灯，豆苗，皮鼓
有一只真木讷，好像在敲木梆子。

灵光撩动的树影
敲木梆的最卖力，无论多么黑。
带翅膀的老汉
不肯对人间喊一声平安无事。

致黄昏的黄鼠狼

瓦片响得很近，像颈椎骨响。
夜晚缓慢地围捕过来
一个也不放过。
而竹林间忽然荡过金毛
那一闪
在我眼前就是飞了。

预言应验的季节
稻田立起叶尖的黄刺。
就在太阳只剩下半个的那瞬间
唿哨的黄鼠狼穿屋而过
跟着一枚铜箭
疼哦，四下里终于死一样的黑。

致竹子间的风

屋后的竹林子
派风经过我。
到屋前去
这些箭头发出的快风
只让草帘微微改动方向。
凌厉而没痕迹
特别是没有流血。

致接电话的

乡下的狗叫
一定来了陌生人。
大晌午，忽然有手机在唱东方红
这时候狗已经不叫
大家一起听。

唱到大救星
一个人大声接电话。
扛着大卷的自来水管
肩膀上环绕着白蛇一样。
歌就断在这会儿
改装自来水的工人一边骂人一边爬坡。
哦，刚唱到就断了。

2009—2014

B

组诗或长诗

看望朋友

一、我的退却

在北京最冷的这一天。
我几乎是
退却着走向了你。

你的两手
正仙鹤般低垂。
冷，紧顶在门上。
好像我是来看
一件转眼会飘去的东西。
他们说
不要赶散了中国草药的香气。

我看不见温度。
看不见你身体里的病。
穿过
深藏着你的四合院。
在你昏迷的床前
我自己就是散不开的迷雾。

还活着的手背

透出月亮表面那样平软的白光。
怎么也叫不出
你疼了几年的名字。

世上的事物
远近高低游动。
全城拥满了羽绒的衣服
没有一根羽毛还有力气飞翔。
只有我
单薄地鼓着冷风。

像一缕遥远不定的烟
你不能散开
我的朋友。

二、从地下穿越国土

我是搭地铁来的。
好像有人日夜提醒我
我应该在地下走。

在世界板结的皮肤以下
谁也不关怀谁。
凄白的温暖
互相拥挤。

我的前后左右
都是强壮陌生的人。
地铁
每三分钟一次
穿透这国土。

钢轨，冰冷地行走
像两条失眠的蛇。
你昏迷的时候
是不是
感到了它不安的震动。

地面那么蛮横
一级一级地兀现。
走出地铁
光秃秃的天空迎面翻开
它的网
总是在出口等候。

云层像深海里上升的虎礁。
病，把黑色的波涛
汹涌起来
你安详地睡在
渐变的水天之间。

我看见了

你绒长如绢的头发。

三、你柔软，于是活着

我直接从那个夏天里来。

我不在场的那个夏天
你仆倒在路上
在尖砺上匍匐。
沥青和血
立刻变得滑软温热。
万物都那么适手
你把什么当成了你的家门？

如果是一块玉佩
你会粉尘那样断裂。

在风不能弯转的病房
你的视力
因为顿时的黑
接近了没有。
你只是要沉睡。

上帝
他用病保护了你。

长久地睡着

盖满夏天神圣洁白的嫩叶。

从零下二十度的夏天

我迈进来。

手里抓着

陈年积月的汗。

我暗暗知道

要熄灭一个女人

比摧残一株稗草

还要艰难。

四、这世上没有光

你用什么

感到了灯下面的我。

你想摸一摸这团光吗。

一只手

能碰响全城的槐树。

可是

所有的手指都低垂着。

你的手飘忽不定。

它是透明的。

灯芯里的红绒
也在盼望着光吗。

这是什么季节
所有的灯
都低暗着。
我怎么可能是一团光。

目光黑灭下来
我们是站在同一个阴影里。
在你昏睡的几年中
我一直
小心翼翼
触摸我们共同的难度。

是那些难度
使你马上认出了我。
从苦难密布的山顶上
你薄薄的瀑布蔓延闪亮。
在这个丝毫不值得笑的世界
我终于看见你笑了。

五、那是什么声音

突然

我们听到声音。
从高远飘摇之处。

那是僵直狂妄的手
永远碰不到的空间。
雪和白夜
都不可能靠近的辉煌。

在灰暗的灵魂里
耀眼地插过。
那是谁
从心里抽出一根金属亮线。

只有神
才能在这阴冷的夜里
张开嘴唇。
只有神
才能把紧卡在病中的人们打动。

光芒。
没有腿的人
都将追随它去翩翩滑翔。
看不见灯光的人
伸出手
就和它连成闪烁的一线。

那是什么声音
那是什么姓名的歌唱之神
能把疼痛轻轻拨开。

六、老朋友们

慢慢地
你想起每一个老朋友。

不再写信
不再听电话
深怕现实敲他们躬曲的门。
老朋友们
全都得了昨天综合征。

坐在发烧的桌面上
吸光了全城最后一支香烟。
躺在床上匆忙地走
他们病了
因为找不到对手。

强壮的人们
不会在病里等待。

低低黄黄的灯光

是你狭长的褐色眼睛。
被你守着的
正是天天发生着太阳的窗口。
早晨
你的神
在众生中逆着风伸出双手。

桌板闷叫
挑起又长又飘的火焰。
老朋友们举着火
从疼到疼的日子
通红飞快。

你的病是最轻软的
如果累了
你就去睡。
老朋友都在梦中。

七、我撞上了欺骗

在世界现存的
最后最窄的角落里
我撞上了欺骗。

有人伏在床头说

你比过去还要美
外面的人都更加爱你。

与欺骗只隔一步
我不能揭穿它
你的苏醒可能只有几分钟。
我想说
红色药片看久了很像种子。
我真正想说的是
人们最喜欢
近距离地
围观流血的伤口。

对于外面的一切
我不由自主地想遮掩。
我要慌忙地生出一千只手
我想请求神
用昏沉荫护你
我被迫站到谎言一边。

我是从外面来。
我高悬着的心
一天天
积累起一种复杂如丝的怕。

被子上

全是你拉出来的皱纹。
一遍又一遍
我无法抚平那些棉布。

尽量地
我要占满你的视线。
我不知道
除了手
我还能用什么遮挡你。

八、好的瓶子

记得十年前
在我的家
你说你羡慕
我那只什么也不盛的花瓶。
你说它永远安静。

现在
许多药瓶空摆在桌上。
是无数个药片
支撑着你醒来。
你说
你现在成了一只空的瓶子。

安详
用最纯净的水
抖开了最后的白丝绸。
你的眼睛里
露出比水还软的线
那是你绵绵不断的锦缎。

你是一只好的瓶子。
最好的。

在你以外的人
他们能让空气笑吗
他们能帮石头找到力气吗
苦难能拔出剑吗
疼痛能磨出光吗。

没有人能知道
一只空瓶子的渴望。
没有人能拿走
你飘越四季以外的飞翔。

你睡了，睡吧
是好瓶子，就要旋紧盖子。

九、那不是我们的雪

突然惊醒
你问我
是什么晃来晃去。

别的屋顶开始花白。
北京的第一场雪
回旋着降临
灰白而且巨大。

你说
灰蒙蒙的
那不是我们的雪。

纯蓝纯白的翅膀
包藏了我们的天空。
一匹男低音的黑马
踩着我们油亮的积雨云。
平静的水波以下
是我们的风一掠而过。

我们的季节
水晶薄片一样精粹透明。

我们的天色还早。
漫天的光荣
远没有降临。

镀了银的碎纸屑
飘满了别人的天气。
你想坐起来
可是力气还没回到我们的身上。
床边
一闪一闪
是我们纤细发凉的手臂。

十、许许多多的孩子

在我们默默相对的时候
我听见
暖气在谈话。
水和火
在弯曲如喉的管道里
活泼地交谈。
你也听到了
那绝不是物质们的语言。

那是我们的孩子。

我们膝盖以下
无数的
炎热流畅的生命。

哪怕我们都在昨天死去
海也已经把早晨的潮
推撞上岸。
陆地上一片灿烂
那是健康得发苦的水
燃烧着纯蓝的火焰。

那是我们的孩子
一个拉紧了一个。
现在
他们就在这间屋子里
围着睡床热烈地交谈。
手搭着手。
我看见
鲜艳又回到你的脸上。

那是我们之后的遥远。

这个玩弄着疼痛的世界
它真是又盲又聋又哑。

十一、你必须活着

真怕你的双手
一点点散开。

手指像一串白沙
滑下了微微迟顿的床单。

你必须活着。
虽然冬天的冻土
僵死结冰
痛苦迫使它松开了种子。
你却不能松开手。
生命远没有走到
最后爆裂的那一刻。

有的人必须活着。
最好的棉籽
必须被洁白包裹
高高站在它秋天的金树上。

为你效力的神
正双手端着蜡烛赶来。
你快拉住我的围巾

你还能看见光。

是谁在你内部
翻转着病的毒蛇信儿
你的清醒被谁掠去。

我警告一切鬼
你必须活。
苦难，需要一个人为它作证。

十二、你的天堂

你母亲手里的烟
在发抖
那是一支害怕不止的烟。
而你的父亲
像拥满信徒的教堂
默默地站在苍老的楼梯口。

你是他们的壁画
你已经从他们的墙上滑下来。
因为你
他们的光彩完全剥落。
你身上的乌云
正在他们的衣襟上

下雨。

你，一动也不动
我知道
你又被昏迷呼叫回去了。
带着橡木大门的沉重
你的天堂里
天使也合上了羽毛。

中国草药编织出了暗香。
我在看不见中
踏响一层层木楼梯。
我听到了空洞。

当一只钟摇响的时候
千万的钟
都会倾斜心动。
但是，在迷蒙多雪的路上
想流眼泪的只有我。

你知道
世界，它是椭圆的
它永远也不公平。

十三、我亲眼看见

我亲眼看见了疼。
鲜红的水蛭
游刃在
你半透明的身体里。

我亲眼看见
一个人被无声地折断。
头猝然沉坠
全身缠绕布匹棉絮
松懈成了残飞的丝线。

我亲眼看见了死的接近。
白塔立在危高之处
没有了呼救的力气
塔脚悬在天缝里。

我亲眼看见了这一切。
我看见了白天也是黑夜
春天正是秋天
四季，它有眼无珠。

环节剥落瘫乱

我看见

柔弱发出最低最后的响动。

究竟因为什么

这世界最后选中了你

让你重病缠身。

人拿着药的同时

人也拿着刀。

面对一根不容追问的命脉

我不敢触摸

那是被截去了四肢的

消失着的圆木。

幸亏

什么都遭遇了我。

一切，都被我

亲眼看见。

1992年1月-1993年6月 北京—深圳

穿越别人的宫殿

我得到了所有的钥匙

正是我飞着经过的地方
太阳用我的眼睛翻动欧洲。
屋顶安静地让银片们稍稍滑动。

交给我钥匙的老人
这多子女的母亲扬开白绸的肩膀。
她说你将能打开所有的门。
这一刻大地做出推的手势
无数穹顶突起
古老的宫殿闪烁从古到今的光。

我接近只有君王出入的拱门。
麦田像金发少年
把头探向山顶空洞的城堡。
我要在未成年人沉思的这个傍晚
启动欧洲钥匙。

一切都能打开吗?

长椅上的醉汉像鹰突然飞起

摸索全身的金属拉链。
钥匙的牙齿小动物一样划过。
侍者起伏的脸朝向我
那浅如平原的笑
深不可测。

深密的森林布满交叉小路。
大地无门无锁在云下走动。
世界已经早我一步
封闭了全部神奇之门。

在安静里失眠

为什么总是出现没法入睡的夜晚
安静让人把什么都看见了。

森林巨大的涡漩
把人连夜磨成一盏长明灯。
我要试探黑夜的最深处
举着我这束自然光。

空无一人的长蛇形拱廊
铜灯摇荡着
如同老蝙蝠从几百年外扑落眼前。
我不知道我是在地球的哪一端

穿素色长袍的人从他的年代里伸出手
我看见凯旋门正在解散
石头跑回家乡的采石场。
有东西不可捉摸地在夜间复活
悠远的线索越拉越多。

我听到细瓷在磕碰
跑步者像无声的动物日夜穿过。
微笑着转动一杯黑咖啡的下午
全欧洲整日整日的散漫。

天黑以后的世界更繁忙
总有人背起前一夜放下的石头。
铜像们用铜的声音互相呼喊
深夜的安静里
不可见的负重者连连倒退。

风向上掀动东方的纸
这个夏天我原想活得轻如浮云。
无花的毛玻璃
从日落闪亮到黎明
混沌里谁到处布下了沉重的线。
一定还有更多失眠的人。

晒太阳的人们

官殿最大地张开他的草地
人们赶来热爱太阳。

像长跪不起的朝圣者
潮红的皮肤一层层吐出了草香。
孩子们雪白地奔跑
笨拙地追逐半空里的光斑。
这是身体的狂欢节。

寒冷地带那些漫长发灰的冬夜
被羊毛严密包裹着的
都在这一天里露出来
在谁的面前都不能这样放纵。

太阳像哺乳动物一样低垂
全无保留地抚摸着每一个。
挺着长剑的铜武士率领着一群官殿
第一次不为战事而感动。
平凡的人最坦然地享受夏官。

安全的光线在天色中缓缓收短

袒露了一天的

只是碰了西红柿皮那最薄的一层。

2001年9月 斯图加特

白纸的内部

白纸的内部

阳光走在家以外
家里只有我
一个心平气坦的闲人。

一日三餐
理着温顺的菜心
我的手
漂浮在半透明的白瓷盆里。
在我的气息悠远之际
白色的米
被煮成了白色的饭。

纱门像风中直立的书童
望着我睡过忽明忽暗的下午。
我的信箱里
只有蝙蝠的绒毛们。
人在家里
什么也不等待。

房子的四周

是危险转弯的管道。
分别注入了水和电流
它们把我亲密无间地围绕。
随手扭动一只开关
我的前后
扑动起恰到好处的
火和水。

日和月都在天上
这是一串显不出痕迹的日子。
在酱色的农民身后
我低俯着拍一只长圆西瓜
背上微黄
那是我以外弧形的落日。

不为了什么
只是活着。
像随手打开一缕自来水。
米饭的香气走在家里
只有我试到了
那香里面的险峻不定。
有哪一把刀
正划开这世界的表层。

一呼一吸地活着
在我的纸里

永远包藏着我的火。

1995年1月 深圳

一块布的背叛

我没有想到
把玻璃擦净以后
全世界立刻渗透进来。
最后的遮挡跟着水走了
连树叶也为今后的窥视
文浓了眉线。

我完全没有想到
只是两个小时和一块布
劳动，居然也能犯下大错。

什么东西都精通背叛。
这最古老的手艺
轻易地通过了一块柔软的脏布。
现在我被困在它的暴露之中。

别人最大的自由
是看的自由。
在这个复杂又明媚的春天
立体主义走下画布。

每一个人都获得了剖开障碍的神力
我的日子正被一层层看穿。

躲在家的最深处
却袒露在四壁以外的人
我只是裸露无遗的物体。
一张横竖交错的桃木椅子
我藏在木条之内
心思走动。
世上应该突然大降尘土
我宁愿退回到
那桃木的种子之核。

只有人才要隐秘
除了人
现在我什么都想冒充。

1994年10月 深圳

重新做一个诗人

工作

在一个世纪最短的末尾
大地弹跳着
人类忙得像树间的猴子。

而我的两只手
闲置在中国的空中。
桌面和风
都是质地纯白的好纸。
我让我的意义
只发生在我的家里。

淘洗白米的时候
米浆像奶滴在我的纸上。
瓜类为新生出手指
而惊叫。
窗外,阳光带着刀伤
天堂走满冷雪。

每天从早到晚
紧闭家门。

把太阳悬在我需要的角度
有人说，这城里
住了一个不工作的人。

关紧四壁
世界在两小片玻璃之间自燃。
沉默的蝴蝶四处翻飞
万物在不知不觉中泄露。
我预知四周最微小的风吹草动
不用眼睛。
不用手。
不用耳朵。

每天只写几个字
像刀
划开橘子细密喷涌的汁水。
让一层层蓝光
进入从未描述的世界。
没人看见我
一缕缕细密如丝的光。
我在这城里
无声地做着一个诗人。

1995年6月 深圳

晴朗

在米饭半熟的时候
云彩退下去。
我看见窗外
天空被揭开
那是神的目光。

放下火焰
我跑向百米以外。
我要到开阔之地
去见见它。
一个坐在家里的人
突然看见了奇迹。

我听见
浆水动荡有声。
这是植物们才有的兴奋。
晴朗
我想看到你的深度。
除了天气
没有什么能把我打动。

晴朗

正站在我的头顶
蓝得将近失明。
我看见盲人的眼睛
高高在我之上。
无处不是深色的忧伤。

晴朗
好像我写诗
写到最鲜明菲薄的时候
脆得快要断裂。
一个人能够轻手轻脚
擦他的眼镜片
但是不能安慰天空。

诗人永远毫无办法。
我穿过秋天的软草
回去看锅下的火。

当路人都扬起了脸
云像一群黄鱼漫过来了。
短短的晴朗
只是削两只土豆的时间。

1995年6月　深圳

会见一个没有了眼睛的歌手

一、光盘封套上的歌手

黑人，是谁派你出现在最边缘?
在太阳镜后面
你用千倍于满月的光盯紧了我
那不发声的召唤
使我不断不断回头。
两片热番薯的厚嘴唇
在摇摇欲坠之处
正要为我而动。

我必须接近那简易货架。
在你我之间
物体涣散松软。
坐在不明微笑中的歌手
紧含着牙齿亮泽的歌手
你桐油的骨节里有一种光
我已经不能退避。

在哪一个世纪里我见过你?
你绝不是一件印刷品。
是谁委派了这黑色盲人?

雨云遮住了东方
杂乱如晚秋荷塘的街市。
谁赐给你
不来自眼球的目光?

你盯紧了我
比绝壁上的黑的碣石还要肯定。

某种不可分割的咬合
一根索链中

舌齿相连的环节
像海顽固地
带着苦盐的意思频频登岸
你要把什么递交给我?

用最不顾及的声音
我对天下的店铺说
我要那张黑人的光盘。

二、你要递交什么给我

黑人,你的来路在哪?
送你来的独木舟呢
六匹披锦缎的马拉篷车呢

在轻薄的光盘上下
我不能看见另外的空间。
现在的你
只是光膜以下的深浅颗粒。

在你我的呼吸之前
光芒早做了世界的母亲
温暖地巡遍她的套房。
用什么去幻想新奇和耀眼？
从天而降
你是为什么而来，黑人。

我约见你黑色泥泞中的祖母
你们从来没有生过眼睛。
向光芒预交出视力
向墙角预交出声音。
信在两道苦难之门寄出
我遇到了多么大的不同寻常。

细微如茸的试探就在左右。
有着黑油质睫毛的歌手
没有眼睛的人
将怎么样给我声音？
我的耐心被缝在一起。
我要看见
你怎么样

从纸里伸出来你的双手？

我不知道
是不是该变成黑亮的蛇。
再从黑蛇的网纹之中
一寸寸地剥离成人。
你永定不动
把黑色的微笑撒在纸上。

高于一切树冠又高于一切云层的旨意
一定是某种
视力不能承受的光要降临了。

三、歌唱

我的眉头以上灌满了歌声。
从你煤田一样的身体里
冲出了湿淋淋的马群
和最亮的水。

血液跑到这么快一定会变色。
但是，你是天生的黑人
你为最浓稠的歌唱而生。
我被你茂密至深的非洲雨林
紧紧包藏。

遍地生出了眼睛。
万物的睫毛都张开了。
我看见我行走在洪水之底
满世界都成熟着葵花
黑实的种子。
我被一粒粒解开
轻盈地散布
向着辽远。

最初就是错的
是谁给人装饰两枚眼睛。
在黑暗里飞翔一定是宽的。
为什么不能凭借歌声
把全部身体同时走向四方？

真的东西
都从模糊不定中一点点抽丝。
水下的暗石发散热力。
神的脚落在爬升的云阶上。
光，不过是一些尘土
黑人，我蹬踏到了你的歌声。

我已经知道
你是哪一个神的最后信使。
让我赶紧含住

你丝毫也不想透露光泽的名字。

但是，歌声断了。
我又坐回我
日渐发响的旧藤椅。
藤条奇异地交叉叠错。
可是我的心
还是挂在被你推到最高处的
摩天轮上。

四、对一张纸的发问

这就是全部吗？
你这无声微笑着的黑人
你的手在歌唱的前后
都空置在半山上。

机器吐出它同样的黑舌头
好像你的某个亲兄弟。
那么随便
飞的感觉被它吐出来
你和你的神被吐出来。
我不能取掉纸上的眼镜
不能迫使你露出心情。

沉淀不动的墨汁
深陷着全球的宁静。
肯为一切人流动的水
收走了神的花园。
是你盯紧了我，进入我的世界。
一个小时的轰响之后
你变成了空白了吗？

也许你只是一个平民
那么，你为什么不向神
要求一双眼睛？
动用了哪一种镪水
他们取走了
你紧闭牙齿以后的歌声？

我会见电，也参与了犯罪。
风很自然地吹拂
一万颗种子
外加一百个过路人。
夹在抽紧了的长袍里
你只是空气的追随者吗？

风鼓荡着经验
薄帛被拆回了蚕丝。
蚕丝们又回到蚕的壳中。
我不能确定

你带着的是火柴还是光芒?

五、没有了眼睛的石榴

在什么地方
你一定隐藏了两颗发亮的卵石。
在花生一样大的纸上
微笑起身,背影正好是痛苦。

我的左手边是北方。
我左手以外的树结满了今年的石榴。
你看不见树
你的手能试一试果实的水汽。
石榴用许多甜眼睛
包着每一颗种子。

你却永远看不见甜
看不见那些嚼石榴的人。
把牙齿锉动得刀尖一样快。
我把你放在树的高度
滔滔滔滔地
替那些被吸掉了眼睛的果实们
唱歌吧。

神也只能摸索着进入人世。

再没有眼睛能像雪粒那么亮

很多东西都事先地坏了。

一百粒种子

也不生长一棵树。

没有过光

没有内核，只有果壳。

没有味道，只听说到甜。

你是站着来的，黑人昆带着夸张的摩天轮

你不要希望还有什么能通达。

失明的物体都失散了

羽毛和声响还走在路上。

但是，谁能停下来

在风扑草动里盯紧了我？

我的念头

早已经锁定在我的藤椅架上

你把目的随手扔在

托盘上，黑人。

六、瓦片

街面比排练中的

三流乐队还要混乱。

我出门的时候

尝试着高举起超过常人的心情。
但是，我在店铺的窗下
突然发现了无数个你
倾斜着像刚出窑的第一批瓦片。

我以落日的速度走近了。
在弯下腰的那会儿
碰到了窑膛里
最烫手的火焰的眼睛。
一千片你
也没有一点光亮。
我终于看见了
我以外的第二个自闭者。
自己退出自己
交出仅有的两粒珠宝
像滚落两粒青豆。
你放弃了看的晶体
再放弃声音。
蜗牛缩回了潮湿的触角
一片等待雨季的瓦片脸色灰暗。

微笑着去背叛。
走回了瞳孔后面最纯的黑漆。
用力气锁紧了门
阻止光，它千辛万苦也不能到达。

所有的眼泪都结在
最细的枝上
是我们让暴风雨不再落下来。

光射到了我的手上
三秒之后就成了尘土。
我们看见别人的时候，也被别人发现。
重复制作的年代
神催着拆它的屋檐。
我闭着眼也已经看透了纸的脊背
微笑的瓦片们，你讲话吧。

七、那是真正的你

我看见
两匹不肯分开的马。
八条腿掀起深深的草海
马头一直高过了太阳。
是一群颜色以涨潮的节奏奔跑
草原上满是油亮滑动的浪尖。

那闪在太阳之上的
是不是你留藏的眼睛？
套马人疯狂地追往天边
抓也抓不到

那光滑过了流水的马尾。
多么大型的自由
任它们在草天之间变化着形状。

离开了你，那眼睛悬空飘舞
真正的光的穿透力
像中国的针埋在事物的肉的深处。
最结实的核桃
在风里响亮地开裂
你的目光正鼓起千万丛跃动的灌木。

那是真正的你吗？
那是你走进我腹地的目地吗？
你引我看见
没有谁能放下脚的草场
那种踏实不容人想象。
从草根儿的神秘里自生的两匹马
没边儿地逃逸。

不用怀疑
那是你的物品，黑人。
你这连绵不绝的煤田下面
厚嘴唇后的黑色固体。
光芒和歌声
都是你的外套。

我看见你张开牙齿说话
洁白的你说：但是。
只有两个字
落在我秋天晴朗的手上。
黑人，你可以一路唱着回去
答复你深藏不动的主人了。

1996年冬

和爸爸说话

第一首：这一天

爸爸，你早已经对我描述过怎么样"庆贺"这一天。你早跟紧了我，
　　让我答应。你让我承认那是一个好日子必须鼓盆而歌。你想让我看
　　着你，
推动两只轮子的车直接骑进深密的古老神话。可是，这么快，我就见
　　到了你连手都举不动的晚上车铃在另一个世界里催响。到了这一天
　　我的眼睛里全是白的。我的两只手轻得不见了。力量浑身发抖
像暴动过后的石头粉末。
记忆的暗房从支柱中间裂开
泄出来的只是简单的生理盐水。

我在水轮子的转动里看见
是你自己学着庄子虚幻的仪态

悠悠地远去。
是你自己优美地鼓动起
一身瘦到了最后的黄云彩。

爸爸，我还看不出
消失在哪一步才算美丽。
不能有歌唱

从含满高纯度铅矿的嘴里发生。
瓦盆全都飘升到半空
天上挂满了泥灰色的月亮。

爸爸，只有这一次
我超越不了最平凡的人。
只有这一次，我幼稚地违背了你。

第二首：是你赢了

用最隐秘的低沉之音。
用越变越古典的笑。
你无数次向我形容那个地方
将会比躲在安静的书店里
遇上遍地新书还要好。

你不明白
为什么所有人
都拒绝听到你的感觉。
节日的上空飞满破灭的气球。

你轻轻地拉着我的头发请求。
你在睡沉了以后
还揉搓着它们。
好像世界上值得信任的

只有这些傻头发。
好像它们恍惚地还可能帮你。

你请求过了每一个人。
请示过药瓶。
请求过每一幅窄布。
这个软弱到发黑的世界
能举起多么大的理由
让你在飘满落叶的泥潭里坚持？
我低垂着
被清水一万次冲淡了的手
这水来自永动的河流。
有什么办法
能托举着你的幻想
送你走上那个
再不能回头的台阶？

你是一个执意出门的人。
哪怕全人类
都化装成白鸽围绕在床前
也不能留住一个想要离开的人。
谁能帮你
接过疼痛这件礼品
谁能替你卸下那些冰凉的管子？

我用你给了我的眼睛

看着你
一个人在头脑里苦苦作战。
在不能移动的床上
你一层层
无助地接近你的美好。

爸爸，最后
是你赢了。

第三首：到最后我才明白什么是爸爸

像一个长久禁食以后柔如竹叶的佛教徒
你见到我，就双手合十。
你说，我的姑娘今天早晨好。
你的高兴，超过了一切人
脸上的高兴。

两只手不能闲住
我经受不住在一分钟的沉默。
有什么方法能够阻止
心里正生长出浸满药水的白树？
病床下面虚设的
是一双多么合脚的布鞋。
而你，在见到我的每一个早晨
都拿出大平原一样的轻松。

你把阴沉了六十年的水泥医院
把它所有的楼层都逗笑了。

太阳每天来到病房正中
在半闭着的窗帘后面
刺透出它光芒的方尖碑。
我认识你有多久了？
和我认识天空上的光明一样长。

四十年中
太阳走来走去，你却永远在。
你一直想
做离我最近的真理。

可是，到了最后的一刻
你翻掉了棋盘，彻底背叛了。
把两只饿乌鸦一样的真理放掉
你成了我真正的爸爸。
像那些时候，你拉着我
手里只拿着自己的手。
我们自己早已经是真理了。

什么样的大河之水
能同时向左，又向右？
你的眼泪，我第一次看见了。
你说，别把头发剪短

你要随时能够拉住我
说出你一生都不能说的话。

双手合十，又分开
像落在地板上而分裂的
道义剪刀。
像交叉失血的白色碎纸机。
八月
佛陀催着满天的淡云彩
为你下起白莲瓣一样的大雪。

时间，扯出了多么远。
我们各自站在两端。
过了多久以后的这个早晨
我才明白，什么是爸爸。

第四首：谁拿走了你的血

你孩子般的大眼睛后退着望着旋风一样走进来的医生。你突然支撑成
　　囚牢里暴怒的白色勇士。你要站起来捍卫你的血。爸爸，你的血早
　　在流。在尘土那样小心翼翼的一生中红蚂蚁成群结队爬过。你的血
　　液被和平又悄然地取走清凉的风一季又一季
收回了红叶。拿走了你的血的人连愧怍都没有连半截影子都没有。

宽恕那质地不坏的梨木办公桌。

你终生的坐骑
藏进地下室，挂满了灰尘的椅子。
它一生都在收集着你
还是不能退回去
做一棵开满梨花的树。

从前，我轻飘飘地对你说
我不想被钉到一张桌子后面
我以为，推开了最后的门
四面八方都变成了我的原野。
脱落的花立刻褪掉了颜色
我不过和你一样
是又一个失血者。

拿走了我们血的
不可能拿走我心里的结石。
我们一起扬着脸
看见天色多么自然地变白。
大地正紧紧含住眼泪
不让它流出来。

爸爸，今天我把你最喜欢的
三只西红柿和一团绵白糖
摆放到风霜经过的窗台上。
像等待一只翠鸟到来
我要把你的血一点点收集。

第五首：因为是我说的

我怎么也不能了解厌倦的最后之味，爸爸。你看都不看这土地上的出
　　产食物像石头群一样不可亲近吗？蹬着两只轮子的车会见过起伏无
　　数的土地。今天，你拒绝它污浊的果实你已经不再喜欢。用干枣的
　　嘴唇给我讲解天堂。你用洁净的声音拒绝比童声唱诗班的高音还好
　　听。后来我突然听见你答应了。你仰起头，拿出极大的信义吃饭。
　　从始至终你都望着我
因为那是我说的。

我看见了血脉的权威。

你高高地走在我前面。
你说要快
我迎着北方的风变成了跑。
那时候
全因为是你说的。
我是怎么样追赶步伐奇大的你
一点也不回头的你。
我们走进不好理解的世界。

现在，我愿意代替你
吃下整座冒着热气的山坡。
让我身上生长出

你喜欢的每一种年纪轻轻的菜。
可是，你已经不喜欢了。

你在我之后
成为孩子。
你笑着吃掉了没有味道的苹果。
难道就因为是我说的。

土地，它不停地为谁而出产？
繁殖像土壤一样发暗。
果菜们从哪里得到了兴致
它们早没了活着的资格。
我不怕任何人的责难
这话是我说的。

第六首：把火留在身上

你走了以后，天开始变黑是火苗长久地留在了我的身上。火焰，飞起
　飞落我却从来不能点燃自己最薄的衣裳。爸爸，我知道这火焰寒冷
　的用意。它想从里面单独燃烧一个人。现在，你离我万里。我用皮
　鞭抽打着光芒也不能追上你。头发里流着秋天的枯水我的身体里装
　满了牛黄。全中国的牧场们开满了干旱之花我开始喜欢这散发出苦
　味的火爸爸，你不用回来疼爱我。
不要把这火苗从我身上拿走。
我喜欢在火里看书

看见你随手划亮
一根幽默的火柴。
你发出最细小的声音
我都随时会沉下手去倾听。
火在神秘时蔓延。

不断地喝水写字
用我自己的方法日夜养着
这温度。

你给了我的
我就会千方百计地留住它。
有一天，我会在夜里烧到透明
藏在没人睁开眼睛的黑里面
跟着你出门。
像你用车推着棉花球儿一样的我
在秋天的节日里去看
由火变化成的美丽烟花。

爸爸，我要把这火留在身上。

第七首：我不再害怕任何事情了

我背对着太阳而去。
在我飞着离开以后

最后的光把你均匀地推走。
我们同一天离开病区
一个向南，一个向西。

有一只手在眼前不断重复
白色的云彩慢慢铺展
天空从上边取走了你。

我曾经日夜守在你的床边
以为在棉花下面微弱起伏的
才是我的爸爸。
走到大楼外面去伤心
我不愿意看见
你连那一层薄棉花也不能承受。

我是诗人吗
我的想象力节节失败。
你正是大气流走之中的云彩
河从深谷里
逆行着上了山
山的尖顶开始模糊飘舞。

我的心里满着。
没有人能到我这儿
铺开一张空床单
从今天开始

我已经不怕天下所有的好事情。

最不可怕的是坏事情
爸爸，你在最高
最干净的地方看着。

爸爸，我试到了日落的速度
正是你给我讲解
柳树上落下两只黄鹂的速度
我试出了我的前面还有多么远。

我这朵棉花
有时候飞着，有时候静止
在一片草地，看见秋风平和。
你卷着一本旧书
在并不远的地方坐下来了。

我鼓励一九九六年的秋天
强劲地分割十字路口
再没有人能走近去侵扰你了。

1996年10月—1997年10月

十枝水莲

1. 不平静的日子

猜不出它为什么对水发笑。

站在液体里睡觉的水莲。
跑出梦境窥视人间的水莲。
兴奋把玻璃瓶涨得发紫的水莲。
是谁的幸运
这十枝花没被带去医学院
内科病房空空荡荡。

没理由跟过来的水莲
只为我一个人
发出陈年绣线的暗香。
什么该和什么缝在一起?

三月的风们脱去厚皮袍
刚翻过太行山
从蒙古射过来的箭就连连落地。
河边的冬麦又飘又远。

不是个平静的日子

军队正从晚报上开拔

直升机为我裹起十枝鲜花。

水呀水都等在哪儿

士兵踩烂雪白的山谷。

水莲花粉颤颤

孩子要随着大人回家。

2. 花想要的自由

谁是围困者

十个少年在玻璃里坐牢。

我看见植物的苦苦挣扎

从茎到花的努力

一出水就不再是它了

我的屋子里将满是奇异的飞禽。

太阳只会坐在高高的梯子上。

我总能看见四分五裂

最柔软的意志也要离家出走。

可是，水不肯流

玻璃不甘心被草撞破

谁会想到解救瓶中生物。

它们都做了花了

还想要什么样子的自由？

是我放下它们
十张脸全面对墙壁
我没想到我也能制造困境。
顽强地对白粉墙说话的水莲
光拉出的线都被感动
洞穿了多少想象中没有的窗口。

我要做一回解放者
我要满足它们
让青桃乍开的脸全去眺望啊。

3. 水银之母

洒在花上的水
比水自己更光滑。
谁也得不到的珍宝散落在地。
亮晶晶的活物滚动。
意外中我发现了水银之母。

光和它的阴影
支撑起不再稳定的屋顶。
我每一次起身
都要穿过水的许多层明暗。
被水银夺了命的人们

从记忆紧闭室里追出来。

我没有能力解释。
走遍河堤之东
没见过歌手日夜唱颂着的美人
河水不忍向伤心处流
心里却变得这么沉这么满。

今天无辜的只有水莲
翡翠落过头顶又淋湿了地。
阴影露出了难看的脸。

坏事情从来不是单独干的。
恶从善的家里来。
水从花的性命里来。
毒药从三餐的白米白盐里来。

是我出门买花
从此私藏了水银透明的母亲
每天每天做着有多种价值的事情。

4. 谁像傻子一样唱歌

今天热闹了
乌鸦学校放出了喜鹊的孩子。

就在这个日光微弱的下午
紫花把黄蕊吐出来。

谁升到流水之上
响声重叠像云彩的台阶。
鸟们不知觉地张开毛刺刺的嘴。

不着急的只有窗口的水莲
有些人早习惯了沉默
张口而四下无声。

以渺小去打动大。
有人在呼喊
风急于圈定一块私家飞地
它忍不住胡言乱语。
一座城里有数不尽的人在唱
唇膏油亮亮的地方。

天下太斑斓了
作坊里堆满不真实的花瓣。

我和我以外
植物一心把根盘紧
现在安静比什么都重要。

5. 我喜欢不鲜艳

种花人走出他的田地
日日夜夜
他向载重汽车的后柜厢献花。
路途越远得到的越多
汽车只知道跑不知道光荣。
光荣已经没了。

农民一年四季
天天美化他没去过的城市
亲近他没见过的人。

插金戴银描眼画眉的街市
落花随着流水
男人牵着女人。
没有一间鲜花分配办公室
英雄已经没了。

这种时候凭一个我能做什么？
我就是个不存在。

水啊水
那张光滑的脸

我去水上取十枝暗紫的水莲
不存在的手里拿着不鲜艳。

6. 水莲为什么来到人间

许多完美的东西生在水里。
人因为不满意
才去欣赏银龙鱼和珊瑚。

我带着水莲回家
看它日夜开合像一个勤劳的人。
天光将灭
它就要闭上紫色的眼睛
这将是我最后见到的颜色。
我早说过
时间不会再多了。

现在它们默默守在窗口
它生得太好了
晚上终于找到了秉烛人
夜深得见了底
我们的缺点一点点显现出来。

花不觉得生命太短
人却活得太长了

耐心已经磨得又轻又碎又飘。
水动而花开
谁都知道我们总是犯错误。

怎么样沉得住气
学习植物简单地活着。
所以水莲在早晨的微光里开了
像导师又像书童
像不绝的水又像短促的花。

2002年春—2003春 河南—深圳

我看见大风雪

一

我离开城市的时候
一件大事情在天空中发生。
千万个雪片拥挤着降落
这世界
再没有办法藏身了。

大风雪用最短的时间
走遍了天下的路。
大地的神经在跳
行人让出有光的路脊
灵魂的断线飘飘扬扬。

山顶高挑起粗壮的核桃林。
雪压满了年纪轻轻的儿子们。
现在,我要迎着寒冷说话。
我要告诉你们
是谁正在把最大的悲伤降下来。

上和下在白胶里翻动
天鹅和花瓣,药粉和绷带

谁和谁缠绕着。
漫天的大风雪呵
天堂放弃了全部财产。
一切都飘下来了
神的家里空空荡荡。

细羊毛一卷卷擦过苍老的身体。
纯白的眼神飞掠原野
除了雪
没有什么能用寂静敲打大地
鼓励它拿出最后的勇气。

二

我想，我就这样站着
站着就是资格。
衣袖白了
精灵在手臂上闪着不明的光。
许多年里
我一直正面迎着风雪。

什么能在这种时候隐藏
荒凉的草场铺出通天的白毛毡。
割草人放下长柄刀

他的全身被深含进灰暗的岁月。
割草人渐渐丢失。
雪越下越大。

播种的季节也被掩埋。
树在白沫里洗手
山脉高耸着打开暗淡的沟纹。
我惊奇地看见伤口
雪越大，创面越深。
大地混沌着站起来
取出它的另一颗同情心。
药一层层加重着病。

宽容大度的接纳者总要出现
总要收下所有的果实。
我从没见过真正的甘甜
没见过满身黄花的冬天。
大风雪跟得我太紧了
它执意要把伫立不动的人
带高带远。

三

我不愿意看见
迎面走过来的人都白发苍苍。

闭紧了眼睛
我在眼睛的内部
仍旧看见了陡峭的白。
我知道没有人能走出它的容纳。

人们说雪降到大地上。
我说，雪落进了最深处
心里闪动着酸牛奶的磷光。

我站在寒冷的中心。
人们说寒冷是火的父亲。
而我一直在追究寒冷的父亲是谁？

放羊人突然摔倒在家门口
灯光飞扬，他站不起来了。
皮袍护住他的羊群
在几十年的风脉中
我从没幻想过皮袍内侧的温度。
在洁白的尽头
做一个低垂的牧羊人
我要放牧这漫天大雪。

大河源头白骨皑皑
可惜呵，人们只对着大河之流感叹。
谁是寒冷的父亲
我要追究到底。

四

雪越来越低
天把四条边同时垂放下来。
大地慢慢提升
镶满银饰的脸闪着好看的光。

我望着一对着急的兄弟。

愿望从来不能实现
天和地被悲伤分隔。
落在地上的雪只能重新飞翔
雪线之间
插进了人的世界。

慈悲止步
退缩比任何列车都快。
天地不可能合拢
心一直空白成零。
悲伤一年年来这里结冰
带着摩挲出疤痕的明镜。
山野集结起一条条惊慌的白龙。

为什么让我看见这么多。

风雪交加，我们总是被碰到疼处。
天和地怎么可能
穿越敏感的人们而交谈。
它怎么敢惹寒冷的父亲。
我看见人间的灯火都在发抖
连热都冷了。

五

许多年代
都骑着银马走了
岁月的蹄子越远越密。
只有我还在。

是什么从三面追击
我走到哪儿，哪儿就成为北方
我停在哪儿，哪儿就漫天风雪。

这是悲伤盛开的季节
人们都在棉花下面睡觉
雪把大地
压出了更苍老的皱纹。
我看见各种大事情
有规则地出入

寒冷的父亲死去又活过来。

只有我一直迎着风雪
脸色一年比一年凉。

时间染白了我认识的山峰
力量顿顿挫挫
我该怎么样分配最后的日子
把我的神话讲完
把圣洁的白
提升到所有的云彩之上。

1999年5月 深圳

在重庆醉酒

一

店家抱着透明。
这个玻璃的采桑人啊
忽大忽小
让我看见了酒的好几颗心。

今天所有的赶路人都醉倒重庆
只有我总在上楼。
满眼桑林晃得多么好
雨是不是晃停了？
闪闪发光
从玻璃瓶到玻璃杯
我上路比神仙驾云还快。

每件事都活起来
都引人发笑。
重庆坐到第二十五层。
我发现大幅度地走
天空原来藏在重庆之上。

笑从哪些环节里出来。

我就是最边缘

二十五层正好深不可测。

朝天门这盒袖珍火柴

挑担子的火柴头儿们全给我跳动。

火种不断钻出水。

是什么配制了笑酒。

我一笑

这城市立刻擦出了光。

二

今天一张开手又是大方。

长江把满江的船一下子漆遍。

满江的铅水

化了妆的人将走不了多远。

紧张啊紧张

把我送到今天的路全都崩断了。

我现在的责任

只剩了稳住朝天的门。

鬼怪精灵都藏在水里

可是我却喝出滚滚的一根火。

有火又有水
这种时候向前还是后退
心里轻飘飘闪进一对仇人
我的心成了三岔口。

这座城把不整齐的牙齿合紧了
上上下下都是不平。
打赤脚的先落进仙境。
人越摇晃越精准
所以重庆的血哗哗流在体外
血管里跑着黄色羚羊。
所以我被送到了这么高。

楼房排出反光的高脚杯
什么花样儿围着我乔装打扮
我好像就是光明。

三

栀子花跑出卖花人的蓑衣。
转弯的路口都香了。
我没招手花就悠悠地上楼。

随处插遍栀子的花
连作恶的人

也赶紧披上了僧人的素衣。
洁白趁着酒兴进城。

我止不住想笑
好事情也有止不住的时候。

被我喝掉的水
正离开我忙着四处开放。
为什么事事献媚于我
人人争着到玻璃杯里享受这一夜？

旧棉桃的空壳又爆出新棉花
理智的中心正在变软。
我喝了我能拿到的一切
这世界不能因此而空
松树柏树你们要用力去开花。
我害怕越笑越轻
无论来点什么
快满起来。

四

止也止不住。
酒带着人摇身一变
这个我陌生得让我吃惊。

光脚的甘地反复试探恒河
醉酒人早已经独自翻过喜马拉雅。
过了雪山又将是哪儿。

慈祥又美妙的错觉海啸一样
比地火还要低。
我误入另一个水的世界
太阳落下去
光却自下而上透过来。
嘉陵扬子两条糊里糊涂的水
合流在二十五层上。

我看见盛满玩具的抽屉之城
难道属于我的孩子正在重庆？
为什么我所看见的一切
都如同己出。
黑瓦顶和街心花园
我忍不住想俯身
带你们去碎玻璃里踩水。

从来没有的奇异
人会跟着液体层层向上。
古人举酒总想浇点什么
而我却守着两条江
临水发笑

心里猛然坐满菩萨。

五

谁藏在笑的后面
谁导演了这出人和酒的双簧。

水不退火也不退
朝天门同时又是朝地的门
现在的我
顽强地想覆盖过去的我。
酒跳到糊涂里起舞
第二十五层忽高忽低。

这片轻飘飘的陌生灵魂。
为什么我要拖着你
再沉重艰辛我也要回去。

街灯比电还亮
满街的灯燃烧的是街灯自己。
重庆躲在深处掩面而笑
这个时候我该在哪儿?

向前还是向后
酒再深也要回到浅。

闪闪发光的东西让人走了眼
天堂里总在秘密加建地狱
我在哪条飘浮如断丝的街头买醉?

水融了玻璃
人不情愿地醉酒。

六

可是飞着多好
涓流一遍遍暗示着某个方向。

可是薄如栀子花瓣的门忽开忽合。
航道里挤满苦苦等我的客船
我被酒接走
正像一条江被海洋接走。
我一笑
水位就自然高升一截。

可是我碰到了真实的栀子花
我的手冰凉地白了。
我要贴近去看清这个重庆
它不过在一片美妙的雾气间
为我摆布下
古今飘荡的酒肆

能看见的只有海市蜃楼。

再找那只靠紧住重庆的酒瓶
枸杞红枣里
盘坐一条灰黄花纹的老蛇。
我和它们谁是真实?
金子早早都被放生
我已经不想拿到添酒的钱了。

可是重庆照样金银闪烁。
我看得太清了
落进酒的透明里
我原来是一个好人。
朝天而造的门也是座好门。

2001年6月　重庆
2002年3月　郑州

太阳真好

1

太阳出来让人暖和
太阳出来，它让我的眼睛升起
从近看到了远。

一直一直我都没发现我的明亮
一直一直我都比石料们贫寒的背面还要愚钝。
匀称又有着恩德的这个冬天
我总是忍不住说太阳好。
好像过去它不是这样
好像在今天以前所有的天空都是空的。

杨桃和木瓜
悬在植物尽头那些黄了的果实们
木薯和土豆
稳稳地睡在泥土表层。
马粪和灰烬都笑了，气息一缕一缕
贫苦的人也得到了柔软如皮肤的金衣裳。
还有哭着的，光芒正去掩住伤心的窟窿。

太阳真好啊。

金属流出滴滴响声。
这世界晾晒出一条多皱的巨毡
我们全是它身上越来越热的绒毛。
六根羽翅来到鸟的背上，它学会了飞翔。
红色来到绿色上，树想到结种子。
疲倦的人都被平放在木床。
我全都看见了。

原来做什么都是多余的。
我要把这最大的秘密
透露给母亲和儿子
可是，他们远在北方。
不知道那儿的太阳是不是我说的这一个。

2

早晨，有人走出地铁站，有人升上矿井。
这些忽然亮起来的人
在太阳的光明里一点感觉都没有
照耀是母亲式的
永远的不声张。

从里到外，全是金的
但是，没有人敢挪动它，没人敢独占它
贪婪的门儿都没有。

下午，它站在冬天的街口颁发金像奖。
每一个出门的人都得到了
每一个都不觉得这是奖励。
满世界走动着小金人
满街排开了金店。
没钱的人就是有钱的人。

水是水晶，水晶是眼睛
眼睛是果冻，果冻是玛瑙
玛瑙是玻璃，玻璃是冰。
太阳把它们一件一件摆放得很稳妥
没有什么浮起来
没有谁落不下脚。

所以，才有这么亮，这么满，这么真实。
剪羊毛的人驮了一百件白毛衣
来到叶子落尽的橡树下。
全是我们应当得到的。

3

盲人用脏了的双手抚摸空气
他的手越摸越干净。
黄藤的椅子因为温暖而改变颜色。

扶正了太阳给我们的护心镜
我停在晃眼的时间庭院中心。

很久很久，只剩下太阳
只有它独自一人还对我们好。
一直不放弃
一直像峭壁抓紧了一根荆刺草。

享受这么好的太阳的人
一定犯过错误。
是错得太多
不容易一一回忆起来。

而错误更多更重的人还在钻井取火
他们迷恋在黑暗的底下挖掘。
这些钻探队里的西西弗斯，不说他们了
诗歌不准他们进入。

另有一个我，一直卡在阴影里。
像没发现过错一样
就在今天以前，我都没发现这世界上还存留着好
我不相信金子的成色始终没变。
我总在怀疑正确
而正确必然不知不觉。

脱掉雪天灰暗的冬装。

我知道，对待别人要像对待自己
虽然穿着雪白衬衫的我做得不够
虽然时间不多了，我得把今后全部用来悔悟。
我要赶快设想，今天以后我该对谁好
在这个冬天，人人有了反光的内疚之心。

金器和尸体一样，越来越沉
而我已经把收割过后的荒凉的玉米田全部走遍。
我正在让我两手空空
像阳光把一切收拾干净。
不用着急，想把整个冬天的太阳一下子卷走
鸽子要自由，不能把它们私藏在屋顶
一个人只能占用一间阳光屋。
这些早都安顿好了。

向北的山都在思想
把有雪的峰顶通通保留如初。
越坚韧柔弱的越亮
水亮过石头，雪亮过灯
这个下午还有哪个会思索的人不满足。

4

年轻的那些时段，我从来没注意过树，
当然也不注意太阳，我没空儿。

现在，黄昏来了，就像我来了
呆在黄昏，就像呆在自己的身体里。
从来没这么松散
从来没这样漫漫无目标。

终于放学了
拿扫帚的人把最后一点光撩起来。
四百年的榕树上骑了九个孩子
他们不知道四百是多少
不知道一个人活不过一棵树。
九个孩子互相追赶
树冠悬悬的像喝多了红糯米酒的老猕猴。

这个时候，太阳在松手
它在半沉的雾里躺下
太阳下去了，那个不断调暗肤色的伟大动物。
诵经的按住了嘴，人隐进了寺庙。
软的力量，悲伤的力量
不出声，止不住流眼泪的力量
剥离的力量。
散落在地板上的纸一层一层看不清了。
今天以前被擦得惊人的干净。

光芒在褪掉，它从每一个人身上离开
随后，全都消失了

最好的眼睛也将看不见一切。
我是排在最前面的那个终结者。

光完全入了剑鞘。
留下来的只是黑暗中的我们
是它的焦炭马车一直一直把人送到了这一刻。

我将看着我死去，用夸父最后看见落日的眼神。
不去想光芒穿过我们身体以后的事情
只要能安顿得很深很暖和
几乎是最深最暖的了，我知道了。

没温度的球形台灯
照见地上印有凤凰的空袍子
最后是那五彩的缎子说话
它说，太阳真好。

2003年冬—2004年冬 深圳—海南岛

早上或者黄昏

早上

这个早上正在融化中，物体都慢极了，声响实在离得太远
从形状不定的碾压机似的构架间，我看见叫作天空的那张纸

感觉天的纸很高，地的纸很低，人垂浮在海平面
黄沙构造了一切，红的和黑的争着显形
棱角和椭圆慢慢结实，立体来了，我的周围又要活了

人为什么被这些所围绕，而不是另外的一些
雾气里鼓出物质的货仓，在最南的边缘，望不见最北的边缘
没有接收者，我流离到了这个最飘游的早上

光是稀淡的，吝啬的，少盐又少糖，舍不得加味道
我想到拖延，在海的苦涩底线以下潜身
上下两层蓝色之间，那条空荡，据说叫作世界
我知道，只有隐藏在最深蓝里才有安全

袍子或者其他，织造而成的那些软绵绵的缠绕物都悬挂着
拖延得越久越好，前面的都知道了，后面的不敢去想
蜥蜴牛蛙飞蛾蚊虫都比钉子还安静，膨胀螺丝来了
这个早上吓退了微小欢乐的生命，恶毒单独把人晾在台上

麻木和精明在合成，起立了，165公分的，还有174公分的
男的和女的，就要行进，速度加思想，不许疲倦
既然四周充满了运动的物体，我请求逃避，让不坚强退却

满载旧货的海轮失去领航员，航线早已经重叠了
记忆一会儿漂上来，一会儿沉下去，忽然是亮的，忽然是不亮的
我就是宝库，谁没有几十张脸可变

荷塘在爆炸，粉面人越狱失败，一汪黑水紧紧擒住，莲头下坠
风吹过后园后窗后门，风把人压扁，顶入海的软壳以下
也许水路还连通着昨天，过去了的实在不好，但是谁敢担保今天会不错

谁来签名盖印举右手，像个真理人，起立宣誓
谁负责呈送"未来"，我要预先验货，但是它们说不行
因为没有未来，没人能把"没有"拿出来

魔术师自杀了，临走还穿着燕子先生光滑挺直的黑衣服
信念被夹在僵硬的手臂下面，苍白像一张写不上字的光面纸

我沉下去，让大地去坚持吧，是它声言要顶住，顶住是它的一切
我决意不附和，我也试试胆大妄为
数字脱落意义的外皮，那些阿拉伯族蝌蚪在空气的中心游泳

在不能呼吸的地方，我看见蛇衔着小银鱼，鱼衔着扁气泡
海水的全部起伏，来源于哀伤下潜者的胡思乱想

还能再拖延一会儿吗，我愿意向前方空旷中的每一秒钟千恩万谢
当然，我更感谢过去，它越想隐身变淡，我越俯身臣服

这时候，电话响了，人间的系统在阴影的空隙里运转
提起话筒，再放下，表示对塑料的拒绝，那个传话人的盒子

但是，海轮在呼应，它动也不动，在蓝色里低吼了三声
把多余的水提走，海槽像斑贝镶嵌的台阶，拒绝通往新的去处
我提前用掉了百分之百的力气，只能在不存在处躲藏

在蒙地卡罗牌床单间潜泳，在布匹里游水，动用最后的本能
在一个地名或者人名里，百分之百棉花的别名，一个保护者

现在，一张脸贴近玻璃那有污迹的方块，是人类的一张笑脸
有声音在叫我的名字，原来我是有名有姓的一个
被迫发出了回应，叫作我的这个人，掀开蒙地卡罗和苦海抽皱的表层
肉体和灵魂又见了面，又握手，在这上下渗透着微蓝的某个早上

……
……

黄昏

这是古老的安排，古老的最后一个残存者，失掉战斗力的老兵
我被某个存在凝视，天光忽然成了废旧燃烧物

太阳的炉子漫天炫耀它的胜利火炭，红啊，有点张狂

金属紧跟着粉刷每一个人，木梯子上的油漆工忽然变得最亮
这会儿连颜色都累了，只有金属不知疲倦
光是人类的创造，所以，黄昏是人类的创造，就像死一样
不造出死，就没有死，人和鬼都来排队领一枚斯大林创造奖章吧

让干爽的稻草承受着这一天里热的重量，灯在试它的圆眼睛
夜晚就是白天加了顶帽子，帽子说，它就是我们的保险箱

纪念碑一样矗立的那是烟囱，高大昏昏的镶了两颗金牙
它燃烧的不是植物，加热的不是面馍，吐出来的不是香气
但是，还好，天光还没变脸，它还坚持着，我们看见万朵火烧云

黑和白在交接班，它们跑到空旷没人的地方密谈
不知道谁掌管全局，速度角度方向纪律未来，谁是首席执行官
真是烦人，真理没在，只能到处翻找，没法儿找得准
宝藏都挖净了，大地是空的，空洞得剩了金灿灿一张面皮

有轨电车像心跳，传导得很远，弯弯曲曲，越来越黄
赤裸着扛水泥的，像刚走出蜡像馆的直挺挺的领袖
光芒专门去喜欢那些皮肤，喜欢真实的，流着汗流着眼泪的

黄昏就是慢功夫，茶一样，从记忆中错过去的那个中国一样
被烤红的天空，它的皱纹碾过半坡上刚刚耕出来的红土
有点湿润，不是眼睛湿，是土地，因为有东西正要生出来

不管什么，来了就好，是燃烧弹我也双手捧着，我很喜欢燃烧弹

那些沙丘，上山的石阶，那个佝偻人，倾斜接住了最后的残光
而涉世不深的那些，他们的这一天刚刚开始，正在梳妆打扮
在这个时候急急出门，去表达对水泥和电线的深厚情感

想家的人都坐到火车枕木上，那钢轨经过了这一天的烫，发着高烧
坐下去的屁股是两块真实的肉，所以要稳稳坐下去
向着西方的只有两种人，骑着钢轨走的和骑着光芒走的

钢轨都病了，天空擦了龙胆紫，我手上绕了多少旧绷带
好像窗帘，帷幕，裹尸布，柔软的，微微带点儿盐的弹性

这是一个完整的消费周期，金子每天放风，每天溜出金库一次
最警觉的是珍珠，跳进奶茶，把没说出来的话全都堵截了

风暴中倒掉的树，恐龙一样翻着绿色的鳞片
黄昏全把它们打扮成了摇钱树，这几天，钱比什么都流行
人被金子抱住了，这黑暗前的假象，玻璃是同谋，变形的哈哈镜
光芒的衫子下面，内部幽暗，比将要到来的夜晚还黑

头顶荷叶的孩子，那叶子正在枯黄，像盘结好的一圈荆棘
西天给我们遍身涂抹铜锈，越来越沉，越来越黯淡

描了金边的渡口，我们都要走了，慢慢地都要渡过去
就像白天只能连接晚上，黄昏是个卡子，它又开始松手放行了

现在，我要到高处，测试黑暗的耐性，那个藏起闪亮桂冠的家伙
我知道，它在逃跑，把人类抛远，遍地丢弃着战利品

有人挥舞木凳的一条长腿，猛力敲打，敲打，敲打，敲打
天色青了，人开始难过，往前想想，心里像有刺

2005年6月11日—6月24日 海南岛

害怕

1

是没有先兆的，是一下子的
偶然翻开一些影像的间隙，最终的闸门爆破了

垮掉的水被天空放出来，漫过梳妆打扮的木棉树
从那个哑人废掉的嗓子，跑出四面漫开的大沙漠
玻璃的前后，其实正是荒原深处

滩涂奇怪地亮，像大鱼刚剥开腥气的皮
白色的扇面上，舞动着几个软骨头的动物
人类即将退场，报幕者最先死去，断臂堆积成小山

什么也不发生的空空朗朗的日子
一定有人大难当头了，危险试着深浅正摸索过来

接下来，海将要凝固成盐田，它要一点点褪回咸苦的本色
不可知的事物又要由海重新开始，秘密层层张开
我们在水晶的抛光面上摔倒，不能起身

良心越跑越快，逃跑的车刹不住了
没有安全地带，树上垂着缠绕中的麻绳，倒悬的菠萝蜜

不紧不松，不吃不喝，不哭不笑
还有，集体起身鼓掌的那一群，鬼出来指挥了
他们为什么整齐地拍手？拍自己的手，又像拍打着所有的别人？

2

远离那唱歌的，他是怎么了，张开嘴就让声音跑出来
要格外躲避没有请到乐队的清唱
在没有听众的地方，唱着很快就会变成哭着

海滩上用黄沙反复掩埋自己的人
玩消失，玩自杀，掉进人间游戏的陷阱
那颗勉强暴露的头，是一颗由内向外腐烂的白菜

稻子刚收割过的下午，秸秆都还垛在田野里
那些断了命的沮丧的雄狮，满身披散仓皇的头发
从春到秋活着的只有稻草人，乡村早就消灭了理发师

柚木的桶，装了一半清水
水里有气泡，有香草，有茉莉花瓣，有塑胶天使
这时候，猛然跳进一个亮似月光的肮脏泥人

跟在汽车后面疯跑的，吐出了机器的气息
有人清嗓儿，有人要领袖一样宣讲什么
他们说打开那盏灯那盏灯那盏灯，明晃晃的能说出什么

端起酒瓶的，带着阴谋的人
笑得前仰后合，嘴巴正对着阴天的人
满眼的走进来又走出去
不知道鞋是否有底，脚是否还连接腿杆

山又高了，水又深了，世界又乖巧地躬身懊悔了
什么时候花言巧语都呈送上来
每一个都别想有尊严地了结，每一个都不确信自己是一个人

咖啡刚煮好，灵魂是21克，速溶的一袋13克
摇晃那浅浅的小半杯，喝还是不喝

3

楼梯们，桥梁们，拱形隧道们，还有高速公路
四面八方，它们私下通敌已经很久
它知道，而人不知道，前方早被它们瓜分垄断了

那些垒得超级整齐的红砖，看起来挺不错
比红还红的固体终于也稳不住了
寓言给每个人提着钥匙，引诱你乖乖住进去

带话儿的人，他说的，一定不是他想的
旧的友善全都淡了，新的还不准备发生

穿戏装的人，在黑暗幕布后面赶紧列队
提词的人，举着台词像举着真理
陈年旧事团团旋转，画眉涂眼重新排练演出

男低音女低音，太闷了太堵了，太惊世骇俗了
高音是假声，中音是半个假声，世上没人听到过真声

钉得均匀的笼子，落地的，不落地的窗子
开始用铁造，后来用合金，现在改用不锈钢了
那些是专门用作装置我们的器皿和牢房

还有，把书页忽然照亮的，呆在床头的台灯
看看它照耀的结果，白纸更白，黑字更黑
比蛇还神秘的弯曲的物体，模仿了人类体温的密探
人读到了哪儿，那团叫作灯的光芒，紧跟着就去破译

雪到底落了下来，天地抖得不成个样子
那种白，可不敢深看
那是有内劲儿的，责难的，冷笑的，静观事变的

4

节日们，东方的春节元宵，还有西方的圣诞老红人
躲过哪一劫都不容易，可是没人退后，水仙预先香起来

放爆竹的，狂奔购物的，城市们的心乱透了

点灯的人忽然把光招进来
夜晚的天空变远，而他自己不敢近前，他怕晃坏眼睛

重庆巫山的群峰，腰间珍藏着小土豆
土豆上面是土，土豆下面是石头
满山圆头圆脑的孤儿，那就是我们最后的供养者

南方的树冠优雅地生孩子，不要以为又有弱小出世了
我们的骨头簌簌的电一样疼
电没带来一件好东西，它将在人类之前最先被鞭挞

春天夏天秋天冬天，分别装了四个轮子神转
四只胎铃就快跑成一堆零碎
那里面充满的不再是气体，是不受控制的筋腱
承重的柱子快倒了，从1层到28层，将被迫成为一家人

人们写过的字，实在没什么意思
我不想再承认它们，推倒了，也不要重新来
不经意里看到的全是伤心，惯性让人流眼泪
实在难以保住一个内心结实的人，一个也没有

半圆的球体，纯麻的织物，透明的瓷
不知道在我以后，还有谁继续爱惜依恋它们
我不愿意向前追究，但是，我能确定

它们每一件都被另一些战战抖抖的手小心制作
我还没结识过不害怕的人

最后得说到死，因为死掉以后什么都不再知道
最可怕的是死之前，没有商量没有缝隙，人是完全被蒙蔽的

看起来已经很多了，而害怕没有穷尽
从容窜过快速车道的小老鼠，它的胆子
比十个人类相加在一起还要大

5

一直一直，我都清楚，我是个胆子极小的人
只会安心做点儿细微的没危险的事情

从没想过改变什么
特别是密密实实镶雕在头顶上的一道道真理
虽然它根本不配横在人前

已经很久很久了，使人受害和受益的都是洞穿力
从来没感到过安全，就像我抬头总看见黑云正经过着天

总以为胆小是一个人的心事
可是害怕终于现身了，它直接撞过来
不能解释的，近在三公分之内的硬物，那就是害怕

那正是它本人

一点点地靠拢，渺小的，不识字的，安详的全裹藏其中
谁都在，谁也摘不掉，谁也逃不成
人除了害怕，什么也不能做

没有一个无辜者，就像没有人不害怕
谁也不放弃，谁也不饶恕，没有人应该得到保护
勇敢的解释早该推翻重来，人要醒悟，他只能被害怕压着
就像十二月的北方，他必须盖紧厚棉絮造的被子

一切能摇的，发得出响动的，能被触摸的
这种时候，只有害怕还会怜悯，还不肯放弃我们
它总是反身回来，把准星再订正一遍
望望未来，能看见它给所有所有的，事先加盖了绝对的封印

战战兢兢地我好像逮着了我的真理
现在，我要合紧了手，不再松开，这下安心了

2005年2月24日下午——傍晚 海南岛

C

随笔选

鸭绿江的另一边

1. 我们过鸭绿江

2002年的5月2号上午九点钟，中国的东北部晴朗，我们过鸭绿江。

当时，中国公民赴朝鲜旅游停办了两年，在2002年4月27号刚刚重新开通。为应付突然涌到辽宁丹东的大量游客，这个城市临时征用了几十辆市内公交车。一早，丹东市内沿鸭绿江的路段堵满了临时编号的汽车和穿行其间的旅游者。我也在那喧闹的人中间，正被告知，去朝鲜要备上足够的饮用水和方便食品。因为从小吃肉长大的儿子同去，我必须去买四天朝鲜之旅的补给，这是我唯一一次出国跟了旅行团，而去朝鲜看看正是儿子的提议。

游走在行人车辆之间的还有叫卖铅笔香口胶糖果的小商贩，据说过境后可以作为礼品赠送给朝鲜孩子。中方导游向大家宣布了许多"纪律"，主要是过了江不能乱说话乱走动。中方导游有点幽默，说不要跟朝鲜人讨论改革什么的，他们听不懂。这导游只负责把游客交给朝方导游，他不过江。

不是雄赳赳气昂昂过的江。大铁桥黑滚滚。俯瞰江心，各式装扮花哨的游船很缭乱，有的飞驰，有的悠闲，在浑浊江水里横竖穿行，当然船都是中国这边的。远处，与我们并行了一段的，是另一条在1950年朝鲜战争期间被炸断的鸭绿江"断桥"，它只在中方一侧保留了几个桥墩，听说作为丹东市市级文物，上世纪90年代重修过，它提示着人们，过去这里有战事。

晃荡晃荡，车上的游客归整他们临时买来的火腿肠方便面，所有人都自备了食物过江。我们将从北纬40度的丹东，向南，到朝鲜首都平壤停留，然后再向南，到北纬38度的朝鲜与南韩交界的军事禁区板门店。

车轮从鸭绿江桥另一侧落地就是另外的景象，空旷寂静清洁，天和地突然又平又扁，摊得很开，是另一种天地了。临着江边，有几件色泽暗淡的游乐设施，没见一个人，有树。

很快，我注意到的第一个人，是路中心笔直站着的朝鲜新义州市交通警察，男的，正为我们这辆旅游大巴指方向。身形瘦小，手臂伸得直，手的延长部分是红白相间的指挥棒，一根有点笨拙的油漆木棒，艳蓝的制服扎腰带，把人扎得更干瘪。他的站立以及周围背景明显地缺了点什么，显得有点平光光有点突然。等火车慢悠悠晃到平壤，又看见平壤女交警，才发觉朝鲜没红绿灯，没岗亭，没安全岛，没太阳伞，全靠交警举木棍指挥交通，挺宽的路中间画一个白圈，她就站在圈中。路上空荡荡，只有我们这一辆车。

依然是右侧通行，记得上世纪60年代初，中国城市交警也用类似的木棍指挥交通，被那似乎穿越时光的油漆木棒指引着，进入了另一些人和他们的世界。

2. 特殊的行进

火车进入朝鲜的腹地，几乎没见车，乡间有牛车，很大的木轮。朝鲜人多数在步行。

那是一种很难形容的特殊行走，怪异又陌生。这感觉在进入首都平壤后更强烈，我仔细仔细地想，究竟是哪儿不对？隔着车窗玻璃看到的那些矮瘦的朝鲜人，他们走在路上究竟有什么不同？

那是他们全民特有的行进姿态和节奏。绝没有交头接耳，没有前呼后应，没有左顾右盼，没有嬉笑玩闹，每个人都是孤立严肃的，正是由这些单个个人的东西南北行，构成了无限庞大又同一节奏的行进集体。

人人向上扬着那几乎没有表情的农民般褐红的脸，不是散步，又绝不是奔跑，只是朝着他的正前方，急促，一往无前。他们把四肢摆动得相当明显，步伐大，特别是双臂，看上去有点夸张地大幅度用力，像双桨深陷泥沼以后，急于划水求生一样。我从来没见过平民有这种走法，而且举国上下人人如此。好像无论谁无论往那个方向，目的地必然是同一个，它相当远相当神圣，必须以这个走法才可能勉强接近。

衬托和夸张了这种行走的还有太过空旷的街道、灰色的高层建筑，极少街树，除了几幅宣传画，没有广告，临街没有低层民宅，没有一间街头售货亭，没有人间琐碎生活的气息。他们好像在灰颜料画出来的单调楼房间不太真实地走。

平壤城里少数人提着黑包，几乎人人的包都相同，包也随人摆动，成为他们身体里用力的一部分。除黑包以外，再没见人提任何东西，更多的人完全空摆着他的双手。从乡间到城市，无论什么人，只要他在路上，必然以这种姿势向前。

中国人也有了穿红戴绿的这一天，坐着崭新得还来不及上牌的空调旅游车，散漫随意，见到什么都新奇，见到什么都拍照。朝鲜人保持着应有的距离，不关注甚至不望我们一眼，雄赳赳气昂昂地走在远方。

新开通的朝鲜旅游有一个必须参加的项目，在平壤的五一体育场，它据说全亚洲最大，可以容纳十五万观众，游人必须去那里观看大型团体操《阿里郎》，在出团前就要交相当于三十美元的门票费用，拒交者将不能成行。有人怀疑这是中方强加的收费项目，后来又怀疑是朝方强加的。同一个旅行团里有人看了演出，认为这钱花得值。在朝鲜停留两天以后，有人认为不要简单地以商品社会的角度去想问题，不要忘记得太快了，这世上还有重要过金钱的事情。

演出的确宏大，朝鲜导游说参加演出的有十万人，据说排练了一年的时间，将连续演出六十天。被安排到正面看台的都是外国人，主要是中国人，有零星的西方人。侧面看台上着装整齐的平壤观众们，情绪明显与我们不同，一直不停地双手举过头顶呼喊鼓掌，我试着靠拢他们，隔着警察，看见那些新鲜泥土一样的脸上，有点怪异的亢奋和自豪。不在现场不能体会的是，从侧面看台传来巨大的陈年米糠的气味，那是长时间没有洗澡的人群气味。

朝鲜导游说，这团体操是全世界独一无二的，世上没有的，他还说中国2008年的奥运会开幕式，已经邀请了阿里郎的创作人员参与设计，他的话我并不信，因为在1973年，我在东北长春参加过类似的演出，我做的是背景翻板，虽然规模不同，但性质相同。团体操嘛，当年的中国人就很会干这个。

演出结束是夜里九点，忽然，所有的灯都灭了。被场内两小时强照明刺激过的眼睛一下进入黑暗，我们在完全无光亮的空地上走，到处是离场的团体操表演者，突然有一队黑压压的人群接近，这是我们在朝鲜国土上和大批民众最近的接触。黑影迎面带来强烈冲人的热气，除陈年米糠味道外，还有汗渍味，劳动加泥土的气味。在朝鲜，凡接近人群，都有这特定的气味。几百人的整齐队伍斜着插过来，热的气浪擦身而去，一队过去，又有一队。很黑，看不清人，只感到无数衔枚噤声疾走的人发出远比我们急促的嚓嚓脚步声。猛然，一辆离开体育场的小汽车出现，极刺眼的灯光，首先照亮了七八个驱散人流的警察。赶紧闪避汽车的队伍突然暴露在强光里，是少年的脸。我越看他们，他们越不看我，急着保持队形向前走。

冲进黑暗里的这辆小汽车，车牌号我记住了：车牌前面一颗五角星，后面的数字是664。这是我在朝鲜期间看到仅有的带五角星的车牌。

汽车消失，黑暗又回来了。更多的队伍热腾腾地过去。

我问朝鲜导游，参加演出的这些孩子要去哪。

他说坐车回家。

这么晚了，还有什么车？

他说有地铁。

可后来，同是这个导游，答应我们参观地铁站，后又变卦的解释是，平壤地铁只在每周四周日运行，而团体操演出在两个月中，将一日不停，这说明团体操的表演者在多数日子里必须步行回家。

乘车经过乡村的时候，偶然遇到几个静止不动的路人，他们一定向我们的车招手，看上去亲善朴实，无论大人孩子，有节奏地伸出浅色的掌心来，经过训练一样，让人想起当年的口号，欢迎欢迎热烈欢迎。可是，只要车门打开，我们下车，人群迅速无声无息地散开，根本看不到是怎么遣散的。总之，附近百米内只剩下我们自己，似乎刚刚被他们欢迎的不是车中的人，而是那辆快速行驶的旅游车。

刚到平壤下火车，中国游客被领向平壤站前右侧小广场，远看那里有几条无靠背的简易水泥长凳，本来悠闲地坐了人的，我疾走，想走近拍照片。中国游客一接近，不过两分钟时间，长凳全空了。原来的人全部消失，又快又鸦雀无声，不知道他们都去了哪儿。看看远处的街道，只有昂着头空着手的赶路人。现在超过五十岁的中国人该了解这种快速的退避，随意接触外宾是可能被拘留审查的。可时间并没过多久，连我们也变得不习惯了。

中国人到一旅游地，拍照，问价，探路，好奇，擅自离队，任什么都想摸摸看看，到了朝鲜自然感到被限制了自由，除了几座高大建筑物，再没什么可以接近的。朝鲜人在朝鲜人的世界里坚定地走着，和这世界完全无关。频道不同，层面不同，他们离得远又消失得快。

我所看见的朝鲜人面目表情少于其他民族，不能武断地说他们缺少了随意的欢快，只能说多了单调严肃。不知有汉，无论魏晋，究竟好还是不好。

3. 单纯的人和复杂的人

跟随我们这辆车二十几个中国人的朝鲜导游有两个。一个读过三年吉林大学，算我的校友，叫洪昌建，可以勉强讲中文，发音七扭八歪的。他说他当年汉语学得不错，几年不用，忘了。另一个人面孔极像韩国围棋国手李昌镐，我们一家人都叫他"石佛"。我只听他讲过有限的几个汉语词：不行！到时间了！走吧！他像带领小学生春游的少先队辅导员，而且，是超级严厉紧张不苟言笑的那类辅导员。无论你想干什么，"石佛"靠过来了，绝对是个坏消息，他一定要说他说得最好的那几句中国话，然后用相当于专业九段的眼神盯住了你，直到你扫兴放弃，乖乖走回那辆随时要开跑的旅游大巴。"石佛"永远镇后，眼珠乱转紧跟着。"石佛"了不得。

越过国境，我见到的第一个朝鲜女人，她远远地正随着队伍向一座高大铜像走，在和中国丹东接壤的城市新义州市。当时的太阳那么好，它本身正向大地投下金光。那女人穿民族服装，背对我们，距离很远，所以，我感觉她那条朝鲜裙子，像正迎着阳光膨胀起来的粉红色降落伞。她隆重地拖带那艳丽夸张的巨伞，向着高处更耀眼的金属人像走。

相当于中国海关联检大楼里的朝鲜女职员穿的什么制服，灰的，马上想到电视晚会里表演长征路上的那种发白的灰，有点伤感的灰。灰制服配简朴的灰裙子，经过我面前的一个职员带着笑，她化了可爱的妆，地道的白粉腮红。我禁不住说，她多好看！儿子不想我这么直接地评价别人。但是，确实没忍住。过一会，我又说了另一个朝鲜女人好看。

好看的究竟是什么？是那张不复杂的脸加上廉价白粉。朝鲜女人的妆是加的厚脂粉，白粉笔一样的细尘，感觉这就是朝鲜式的纯洁了。从小学女生到城里的中年妇女，几乎人人面白唇红。她们走近了，没有现代女人的人造香气，无一例外的陈年木箱里放久了的米糠味。离开平壤前，我们把从丹东带来的铅笔之类礼物送给宾馆女服务员，她们也回送了礼物，在小纸盒里，经我的校友洪导游翻译，那是靠近三八线的城市开城工业园区出产的高丽参雪花膏，打开来闻，确实有小时候的雪花膏味，装在很厚的绿色玻璃瓶里。

我喜欢看这些擦脂抹粉的女人，把脸涂白把嘴点红，然后出门，直直地站到人前，好像活着不能比这个更直接简单了。

我们住的宾馆在门前搭建了临时售货亭，向游客卖高丽参一类特产，有三个年轻的女售货员。中国人说，他们也想方设法要赚我们的外汇了。太阳直射，她们中有一个取出柜台里摆卖的羽毛扇挡住脸。一个四十多岁的中国男人恶作剧，故作严肃过去，又说话又打手势，他的意思是：太阳！就是领袖，像你胸前佩戴的领袖像章，你拿这把扇子遮挡了领袖的光芒，这个不行！女售货员马上懂了，羞愧地放下扇子，粉白的脸完全暴露在太阳里，一直一直，大约一个半小时，我们乘坐的汽车开动，在同一颗太阳下，她们招手，我们回中国。那个朝鲜姑娘没再敢遮挡太阳光。

后来，回到丹东，一个看守停车场的男人直问我从哪来。我随口说，长春。他说，不远，想不想带走一个小保姆，绝对不出门，不会打电话，绝对老实听话能干活，还不收工钱，只管吃饱饭，那边过来的。他这么说。

朝鲜领队洪导游总是满足不了中国游客的要求，哪儿都不给看，只好拿他的家事来调节气氛，他说中国女人太厉害，他的女人不那样，如果他回到家，女人还没下班，他就去睡觉，决不做饭，朝鲜女人的责任就是伺候好男人和孩子。他向全车人说这话，调节大家什么也看不到的抱怨。

我们住的宾馆里公开出售翻成中文的朝鲜书籍，我买了几本，其中一本有这样一段——总书记说：我们的人民的确是很好的人民。像我国人民这样好的人民在世界任何地方是找不到的。正如他所说，主席逝世后十二天内，共和国五百万青年当中相当于三分之一的一百六十七万多人宣誓誓死保卫金日成总书记，志愿参加朝鲜人民军或归队，将近三万工厂企业工人和高等中学应届毕业生报名下乡，到有金日成主席领导业绩的合作农场去。

这段话从宏大的角度解释了朝鲜的男人，解释了为什么在朝鲜经常能看到军人军车和类似军人的市民。

在北纬38度，简称三八线，朝鲜与韩国的军事分界线，我们直接接触了朝鲜士兵。他们大概是这世界上最不苟言笑的士兵。负责解说的军人兼有接待游客的职责，但是，他只陪三伙游客拍照，好像这是一道禁令，第四次再有人来约他，哪怕是个中国小女孩，哪怕相机已经在按快门了，他也要面色恼怒断然拒绝。他有意快步走远了，一个人去靠近一棵修剪如仙的松树站着，好像那样才安全。

像三八线这种直接对峙的军事禁地，在今天的世界上是仅存的了吧。表面上看，朝鲜和韩国南北对峙的板门店，不过两公里长的铁丝网，几排简易房。站岗的朝鲜士兵绝对纹丝不动。好像要有意造成反差，韩国兵在属于他们的不大空间里肆意洒脱地游走，墨镜高靴钢盔，盔顶是雪白的，在太阳下面闪闪发光。韩国士兵明显高大威猛过朝鲜士兵，钢盔更夸张了韩国人的身高，起码高三十公分。中国人参观三八线这地方，更像观看两个饰演仇敌的角色在一块舞台上像模像样地入了戏。韩国一侧有飞檐的凉亭上，和我们一样站了旅游者，双方无声地互相对望。

朝鲜导游专门叮嘱过，向对面招手可能引致开枪。谁想听枪响，中子弹，所以，大家都自觉地小心谨慎。这时候想想在巴黎游塞纳河，两游船交错间，互相的招手问候绝对是另一个世界的行为。

突然一只夸大了的手挡在我的镜头前面，我用眼睛瞄到"石佛"。

我真生气了。我说，你干什么！

他说，不行！

我说，既然不行，为什么不早说！

"石佛"定力好，不气不急，也许他不会其他中国话，又去遮挡别人的镜头了。

刚进入平壤，我们就被告知，乘车行进中不可以拍照，停车到了指定景点才可以。在离开中国前，也早被告知，傻瓜相机可以带，专业机长镜头必须留在丹东，不要找麻烦。可是在三八线，我这一队人并没听到不可以拍照的提示。讨厌一只不明之手跑到我的镜头前面，我虽然听到其他团队的导游说，到二楼上允许拍照三分钟，但是我不想拍了，我保留不拍照的自由。

回国后，偶尔看到一篇关于韩国旅游的文章，作者这样形容北纬38度线：我们在导游的带领和几名美国大兵的保护下，乘车穿过一条反坦克壕，铁丝网，地雷区和安装着爆破装置的桥梁关卡组成的狭长军事通道，终于进入板门店的核心地带。导游要求大家不要随意走动，不要指手画脚，不要随意拍照，更不能离开队伍擅自行动，几个高大魁梧的韩国宪兵叉着双腿握着拳头，蜡像般站在谈判桌前，从这里向北看，朝鲜的军事建筑遥遥相对，戴着大盖帽的朝鲜军人依稀可见。

这段完全来自对面一方的文字印证了三八线的紧张绝非夸张。可惜没人给我们详细讲解，地雷区、坦克壕等等全不知何在，只知道坐汽车穿过了很长一段铁丝网。

三八线引起人们的战争记忆，回平壤的路上，有人问洪导游，知道谁是黄继光吗？对方摇头。再问邱少云，还是摇头。几个中国游客同时说，是中国人，志愿军，抗美援朝打美国。四十岁年纪的朝鲜导游洪昌建连连摇头。有人叹气，然后全车人无言开始睡觉，蒙眬地进入了据说当年承受了美军一千四百三十一次轰炸，接受了四十二万多颗炸弹，曾经完全变成废墟的平壤城。

紧临三八线的土地就是普通农田。有农民在田里牵牛，那牛很瘦，松脱的皮下鼓起着运动中的牛肋骨。后来看了《我们最幸福》和其他文字记录，知道朝鲜人不可以城乡间自由流动，农民必须几十人一个编组留在集体的田里，但是，我看到田地里的农事并不精细，田埂荒蓁。因为无人可问，中国游客只好问中国游客说：为什么不种树？回国以后听说，板门店一带农田以下遍布了军事工事。

朝鲜的农民并不匆忙地弯腰在田里做事。零星也见到人在没翻耕的稻田里挖野生的植物，好像挖野菜。在乡间道路上的走路人同样挺胸扬臂，不左右四顾。我想，朝鲜人没有中国东北农民形容的闲卖呆儿吗？进入朝鲜第四天，我才在一个小火车站密闭的玻璃窗后面发现了拥挤在一起的面孔，很明显，他们在自以为安全隐蔽的地方，正带着极大的好奇，观察我们这些坐进口空调车一掠而过的外国人。自从这个发现以后，再去注意朝鲜的玻璃窗后面经常贴着黝黑的脸，他们在张望。这样才正常，像七八十年前上世纪的中国。

还有一些人，我说不清他的身份，在几个允许我们停留的广场边缘游动，都是拿一本书，但是眼睛不在书上。

朝鲜的孩子们，他们除读书以外，都在什么地方逗留，以什么方式玩，像我们这种旅游法儿，没可能知道。平壤的傍晚，大约一小时内有匆匆赶路回家的行人，很快，它静得不像一座城市，只有太宽的街面空空荡荡祖露着。洪导游说，他的国家实行全民免费住房、免费教育和免费医疗。中国人马上问，大学的学费由谁出。回答是国家。中国人顿时感慨，要供一个大学生需要多少人民币！洪导游说，他在中国读书，正是朝鲜最艰难的三年，1995到1997的大灾荒，他说自己很没良心，到中国来等于当了逃兵，没和他遭遇困境的国家在一起，所以他现在要好好干。他的好好干，目前就是突击讲好中国话。导游的大女儿在平壤第二少年宫，在带我们参观平壤第一少年宫的时候，他不断重复说他女儿，让我们联想到少年宫不是容易进入的圣地。他还强调，一个国家必须重视知识分子：没有知识人，不行！我感觉他在暗示中国的"文化大革命"，暗示他的国家比中国进步开明有未来。

在中国，我没见过这么富丽堂皇的少年宫，它更像一个对外接待景点。和过去中国的少年宫一样，戴红领巾的孩子在这里画画跳舞练琴，有一间电脑房，都是男孩，有人进去看了几分钟，出来直摇头。我们把从丹东带来的一包铅笔给了一个画石膏像的小男孩，因为他画出了那个苍白人脸透露出的并不明显的忧郁。小男孩接过礼物的动作有点不自然，好像那些笔是凭空落在他的手心里，他直接张开手，把它接住塞在画板下面，整个动作之小，只有他和我们能察觉，然后他继续他的临摹，没有抬头，没说谢谢。

少年宫是石头建筑，有人走到那儿都反复说，朝鲜啊，太缺乏新型建筑材料了，只有使用石材。石头显着凉爽，但是沉重压抑，就在石头屋子里孩子们弹啊弹，让琴声不断。

朝鲜的大部分山光秃荒芜，但是河水清，流过平壤的河叫大同江。早晨，我们坚持要去百货商店看，但是，洪导游以商店没到营业时间为由，让车停在江边，宣布自由活动。江水满盈，沿着堤岸，过来两个男孩，有人想和他们拍合影，怕被拒绝，有点强硬，直接过去揽孩子的瘦肩膀，他们想挣脱，能感到暗中的用力和害怕。想拍照的人把口袋里的橡皮钥匙链指甲刀气球皮全塞进男孩手里。孩子照过合影马上跑，跑了很远再回头看，又看手里多出来的东西。

记得有个外国人曾说，他欣赏中国人"前消费时代的古朴的脸"，现在，这略带青铜色的形容该让位给鸭绿江另一边的朝鲜人了。那是一些什么样的人们，女人男人孩子，他们的内心里都存放着什么。

4. 越困难越乐观的人们

在有着两千四百万人口的朝鲜境内，作为中国旅游者停留了四天，没见到一个拿一根小葱的路人，好像朝鲜人活着并不食人间烟火。

去平壤的火车上，穿一身灰制服的男列车员手里一直握着个白炽灯泡，四个小时，无论走路扫地开关车门，始终都拿着它，为什么不放下，或者把它装好，或者扔掉，不知道，就是拿在手上。后来在朝鲜的街上没发现垃圾箱，只在我们住的宾馆里见到垃圾箱。是朝鲜不产生垃圾，没有纸巾，没有罐装饮料，没有塑料瓶，没有纸袋塑胶袋？洪导游蹲在路边抽完一支烟，四处望望，把烟头小心地塞进路边下水井的铁箅。平壤的街道极洁净，除风掀起尘土外，可以说一尘不染。下午，成队的小学生蹲在人行道上，手拿小木棍，清除路面砖缝里的泥土，都戴红领巾。

进入朝鲜，我们用人民币换回一些简易印制的纸片，那就是外汇兑换券，上世纪80年代，中国也有类似的代用券。四朝元等于一块人民币，据说是极不公平的汇率。在广场边，一束又少又蔫的新鲜菊花，要人民币五十块，专门备来向金日成铜像献花用。

90年代去西安，一个出租车司机跟我嘲笑美国游客的愚蠢，蠢到会拿出一大把美元任你自取，这个司机说当然挑大票拿。在朝鲜，就像西安出租车司机口中的美国人，一大把兑换券扑克牌一样送出去，随朝鲜售货员挑拣，好像不怀疑她们对金钱存有杂念。

引用译成中文的朝语书里的一句话："朝鲜人民越困难越乐观地生活。"这其中的逻辑是什么，是我们最幸福？

这本书署名名田隆司，看名字像日本人，书名是《金正日时代的朝鲜》，书后标明朝鲜民主主义人民共和国印制，2000年出版的中文版，正式出版物。它详细讲述了一些朝鲜的情况："1994年7月8日金日成主席突然逝世，那天深夜，国家的各个地区突然倾盆大雨，雷电交加。人民都把它同主席逝世联系起来谈论，感到惊讶和悲痛，全世界都沉浸在悲哀之中……但雪上加霜，共和国连续四年遭到自然灾害，灾情是极其严重的，具体数字表明了这一点。1994年冰雹灾害，1995年洪水灾害，1996年洪水灾害，1997年高温灾害旱灾和海啸灾害"，下面，作者引用了一系列数字，简要累计了三年中朝鲜的受灾人口，被他称为"难民"的有一千一百二十七万人，他说"这个时期遭到破坏的耕地，到现在也还没有恢复地力"。书中还专题探讨化肥问题，朝鲜不能自己生产钾肥磷肥，一直依赖于"社会主义市场的进口"，作者责怪由于这个市场的解体，有些国家向朝鲜提出使用外汇结算，这使朝鲜面临严重的化肥短缺，同时发生了能源危机，仅有的农机具不能利用。是的，我们在旅途中见到过稀疏的草棚下停放着陈旧的拖拉机。

朝鲜的五月，刚绿的土地上只有零星散漫的人在劳动，人群集中的地方有几面褪色的旗帜。一个丹东出租汽车司机告诉我，朝鲜每人每天配给粮食定量曾经是一百克。"就二两啊，一小捏啊。"他说。

到朝鲜的第二天，我们要求参观商店，努力了再努力，最后被带去一家没有一个本地顾客的外汇商店。后来，我们学会识别街边商店了，门上写有朝文，有大橱窗，有一两个女售货员，没有顾客，隔着玻璃看见摆得整整齐齐的酒瓶，是朝鲜商店的特征。

洪导游在埋怨，你们的要求太多了，什么都要看，没什么可看的。宾馆的商店不是每天让你们看？

没人再为难和追问这个导游，这世界上有哪个国家的宾馆商场里摆卖白铝饭锅和煤气灶？

洪导游被大家"刁难"得受不了，连连喊头痛，下了大巴车，他总想躲开中国人。但是，下一餐饭几点钟吃，人们总要问他，而这种问题竟然不由导游或宾馆餐厅说了算，导游说要请示科长。他一个人站在宾馆大堂柜台前，焦躁不安等待科长的电话，有中国孩子过去拉他，你不会打手机吗？洪导游没手机。大家都不知道那科长是个什么人，总之，准时吃一餐饭变成了一件不很容易的事。人们要求自己去外面吃，洪导游更紧张了，一口咬定出了宾馆大家会走丢，他极力推荐去宾馆顶层吃夜宵。我们去了，上面没有第二伙客人，只一个女服务员，等了一小时，吃到了不够热的冷面，十五块人民币一碗。而几个沈阳游客锲而不舍，终于成功离开酒店，据说走出两公里，有专为外国游客搭建的临时小食摊，吃的也是冷面。不过，由洪导游全程陪同，洪的要求是请他喝不低于五十度的烧酒。

我们烦闷地等冷面，服务员一点不急，紧盯着那台九英寸小电视，居然放的是好莱坞的《狮子王》，听说朝鲜电视只有一个频道，到周末有三个频道。我们房间里的电视始终只有一个频道，两个晚上都在播开会的镜头，胸前戴满奖章的老人在台上发言，台下的听众在流眼泪，所有发言的人不断发出"斯密达"的感叹声。

我问洪导游，他说斯密达的意思是"是的"，表示肯定。

我问他，有"不斯密达"这样的词吗？

他说，没有。

没有否定，没有怀疑，只有斯密达。

宾馆里的电视讯号经常断，屏幕上马上跳出了"福如东海"四个汉字，原来这电视是中国产长虹牌，顺便再注意周围，香皂是中国水仙牌，电灯开关是朗力电器，卫生间洗面池是唐山陶瓷。新地毯下面铺的地板胶图案是中国小城镇上最常见的。

在南部城市开城吃的午餐算一顿盛宴，每人面前隆重地摆满铜制餐具，食物算精致，主人拿出了最好的雕刻技艺，三分之一个煮鸡蛋刻出尖齿，每人一片橙子，极薄，大约一只高尔夫球的十分之一。儿子打开所有铜碗扣盖，小声说，不会是这么一点点吧！斯密达，就是这些了。

有人告诉我，朝鲜人的月工资大约一百到一百五十朝元，每月15号、30号分两次到有关机构领取配给的食品。有个日本人计算过，朝鲜人每月工资只能购买一公斤苹果。后来听到朝鲜取消配给制的说法，不知道具体怎样实施。

开城是座古城，曾经在五百年间做过高丽国的都城，据介绍有许多古迹，而我们只看到了没有内容的高丽博物馆，还有比平壤更空更简陋的街道和楼房。

确切地说，我们参加的是朝鲜革命领袖的丰功伟业四日游，从故居到广场到铜像到展示各国首脑赠送礼品的纪念馆。

每个晚上都住平壤，走的路总是重复，总在它市中心区域转。多次看到那座突出于所有高楼的黑灰色的建筑，远看它像欧洲城市的古老教堂，事实上，是一座一直都未完工的尖三角形的宏伟建筑，裸露的水泥外墙和一座高入云中静止不动的塔吊。据说它叫柳京饭店，是一座高一百零五层的酒店。有人说，它1987年开始建，1995年印刷的平壤图片上它就是这个样子，已经原地静止了好几年。斯密达呀斯密达。

　　夜间坐车穿过平壤有点奇异，天刚黑的时候，总感到有什么不对，渐渐发现由于所有楼房都是暗的，单调的住宅楼里，却没见和人的生活相关的一切，花草衣物晾衣竿，包括偶尔在窗口眺望夕阳的人，什么都没有，干净到了让人怀疑这是一座空城。导游说，平壤居民只在房间里晾湿衣服，这是法律。天完全黑了，才发现其实房间里有灯，一律是小瓦数的白炽灯，每一个窗口都在同一角度吊着一盏，绝无例外，而灯后面是并排的两张领袖挂像，尺寸位置都一样，也绝无例外。除临街的一楼外，其他窗口一律没有窗帘，使那些千篇一律的楼房看上去像一些暗黄漆黑相间的格子布，一张张整齐排列在前方。再晚一点，出市中心广场，再没路灯，我们乘坐的大巴车里倒是通亮的，就这样明晃晃地穿过漆黑的城市，一种太空遨游的感觉。这会儿，轮到我们不知有汉，无论魏晋了。

　　离开平壤准备回国的那个早上，迟迟不出发，听说洪导游前一晚喝了五十度的烧酒，睡不起来了，这只是一种说法，因为其他的旅游车也没动，所有的人都在等待，也许又在等候某一个科长的出发指令。在我前边不远，一辆车头前，一个中国人正紧挽住一个朝鲜人，两个人上身手臂扭在一起，中国人硬把什么东西塞给朝鲜人，后者坚决不收，中国人手里拿的是一叠钱。后来，两个人分开了，都是中年人，都擦眼泪，不知道最后是谁把钱留下。朝鲜人是个旅行大巴司机，擦过眼睛，他戴上司机的白手套。

　　从各个方面得到的信息都说现在的朝鲜经济在好转，他们称前几年为"苦难行军"，现在改称"强行军"。在词汇变换以外，不知道他们的生活是否会好转。

5. 这篇文字结束了

　　2002年5月的前几天，几万中国人跟随旅行团的三角彩旗，蜂拥一样过鸭绿江，住满了平壤的大小宾馆，千里马万寿台万景台拍了很多照，再蜂拥一样回来。

　　21世纪仅存的一块飞地，回国以后，想把一路上看见的写下来。

　　刚开了个头，2002年世界杯就开始了，因为看球，把它放下了，这头儿开得真不是时候。一个月过去，在韩国狂飙乱舞的火红看台上，似乎跟平壤体育场的大型团体操有一致的某些东西，跳进火海去烧灼得忘我和亢奋。就像一个中国电视记者在韩国现场说：我感觉他们不是在喜欢足球，而是热衷于一种齐心协力。

　　当年6月的报纸上有一篇小消息被我注意到，虽然距离很近，朝鲜没有转播这届韩日联合主办的世界杯足球赛，他们的国民不能直接通过电视屏幕了解这热血沸腾的赛事，但是，三八线上驻防的朝鲜军人听到来自韩国一方的欢呼，应当猜测到他们的族人胜利了，他们也随着呼喊，这时候的呼喊绝对是非军事行为。同在这一个月里，还发生了朝鲜人冲进外国驻中国使馆、朝韩双方海上军事冲突等等。随后，报上说，韩国农业部表示，在目前局势下，将不可能向朝鲜运送三十万吨剩余大米，信息和交通部推迟援助朝鲜建造移动电话网的谈判。我算了一下，三十万吨米，平均到每个朝鲜人，大约是十三公斤，可以维持最低生活一个月。而美国也收回了恢复双方高级别对话的建议。上面所有这些，好像和我所要写的并不直接关联。

还有，5月5日我们从平壤回到中国，不过出去了四天，眼前这个丹东变得太喧闹了，人声车声霓虹灯上下跳窜，中国人又回到了一锅滚沸的火热八宝粥里。回丹东后，去了抗美援朝纪念馆，有些历史文件在这里有展出。不止一次听丹东人讲到鸭绿江上游叫"一步跳"那地方的耸人听闻的传言。

斯密达呀斯密达，连今天以前发生过的事情，亲眼见到、亲自经历的，我们都很难给出确切客观的解释，何况其他。

柏林没有墙了

柏林那道令人恐惧的墙没了，这早已经不是新闻，谁都知道的。有关柏林墙的这页历史和任何大事情一样，断然无情地被时间翻了过去。

我和徐去德国是2001年夏秋，大多数时间住在西南部，远离柏林，起初，也没有特别地想到去看柏林墙。提示了我的是一场小型演出，不是在剧场，选在一个半弧形的长廊里，在周末的晚上，演出带实验性，媒体记者们多，几乎和观众对半。剧情大致是两对男女纠葛在一起的感情冲突。语言不通，不知道他们在讲什么，眼花缭乱地看到这个男的跑过去安慰那个女的，这个女人在追逐抱怨那个男的，铿锵低抑的德语，最后，地上洒落一片被撕碎的红玫瑰花瓣，剧中人物痛苦的呼喊穿透这栋古老的房子，我能够看得懂的部分，是由一部幻灯机打在长廊最深处墙壁上的影像，它始终作为全剧的贯穿背景，不断地重复着柏林墙的倒塌：狂喜的人爬上了勃兰登堡门，人的身体、拳头、大铁锤、撬棍、起重机，七零八落中履带和墙上涂鸦。整场演出，只有这个我懂。

共产党宣言里怎么说的，凭国际歌在全世界任何角落都能找到兄弟？我很想去看看那曾经惊心动魄的柏林墙。

大约过了一个多月，我们离开南部沿西侧向德国的北方走，再坐火车从北部著名的中世纪小城吕贝克转向东，很快发觉窗外的景色不一样了，土地不再大片的油绿，有杂草有杂木丛林，断断续续有荒芜的地块，久不住人的老房子，每到一个火车站都能见到废弃了的库房，玻璃碎了，满面灰尘，站台上塌掉的座椅，很少行人的小镇里偶尔见到老人骑那种老款自行车，还有人居住的窗口并不像典型的德国人家，后者会摆满特别艳丽茂盛的花，东德的窗口也有些花，疏疏懒懒的，不知道是养得不用心，还是品种不同。

这一切的灰怆，反而使人感到某种熟悉和亲切，湿润的泥土深处特有的腥香，很像中国辽阔又疏于打理的北方原野。就在那几天，德国北部空旷天空上出现了排成人字的大雁群，"大雁一会儿排成一字，一会排成人字"，这是我变成个大人的三十年里，第一次再见到大雁飞过头顶。

虽然随身带了一本相当厚相当详细的德国地图，但是它是新版地图，没有东西两个德国的概念，我们只能根据环境推测，过了吕贝克，一定是到了原东德地区。后来查老地图，确认了当时的判断。

火车带我们去了德国最东北角的旅游地吕根岛。吕根，德国人的发音更接近"黑根"。在斯图加特认识的芭比女士就生于那儿，后来，她听说我们去了她家乡"黑根"，先是特别兴奋，然后不断摇头，我想，我能理解她频频摇头中的复杂含义。这一路东西德穿越之旅，看到了多少人去。

我问过一个留学生：人呢？

他的回答是：都跑到别的地方了。

为什么？

因为别的地方有工作。

由吕根岛去柏林继续坐火车，车窗外的景致大约相同，杂乱的树林更浓密，遮住了并不明朗的日光。那天是周末，车上的人略多，坐在我们对面是一对五十岁左右的男女，一直望窗外的景色，很少交谈，即使见到他们交谈，也听不到交谈的声响。穿着讲究的女人并不掩饰自己的表情，她总是脸侧向窗外叹气，而那男人，表情凝重。

柏林是我见到的最不像德国的德国城市。它纷杂、喧嚷，现代大都市的通病。保持着当年被轰炸原貌的半废墟状的威廉纪念教堂下面，常常有街头摇滚乐队逗留，很大的公厕气味。从这个原属西柏林的位置能感受到这座城市饱藏着某种不好判明的生机勃勃。

在旅游局取了中文柏林地图，搜索这个大城市可以看的地方，马上看到"查理检查站展览馆"，地图上有文字注明：以柏林墙为展出主题，某区某街某号，每天九点到二十二点开放。很快决定搭地铁去看"墙"的展览馆。在地铁站台的小书报亭前惊奇地发觉一个太过熟悉的面孔。有人手里拿着的毛泽东头像，是一本期刊的封面，我过报亭去，看见摆放在橱窗玻璃后面显眼位置还有完全相同封面的几本。

那是我们向正前方向高处仰望了多少年的一张脸，他占据了整个封面，和旧记忆中的一样红光满面，只认得"2001·9"这几个数字，其他的字母是英文还是德文都来不及辨认，地铁已经来了。我们去看"墙"的那天，是9月4号，毛泽东离开这个世界即将满二十五周年。

查理检查站展览馆分两个部分，室内和室外。

室外部分，是设在街心的原柏林墙查理检查站，在道路中间平地而起的一座只有几平方的简易建筑，现在看像间玩具屋似的，但是，这"玩具屋"前堆了接近一人高的沙袋。正对着检查站，立有一个高大的标牌，两侧各有一个巨幅的全副武装的军人半身照片，胸前佩戴各式功勋章，一侧是前苏联军人，背对着苏联人的是美国军人。他们比真人大几倍，两个绝对端庄严肃的军人在半空里，各自面向着东西柏林，象征着他们曾经的职责。跟随着"墙"，从1961年9月22号起，这里是东西方"冷战"的最前沿，剑拔弩张之地。美国和苏联，这两个自1945年后德国的强大占领者，在检查站两侧部署坦克士兵，荷枪实弹日夜对峙。

曾经在西柏林一侧，有美军设立的警示牌："你已离开了美国管辖区"。

查理检查站哨所在同样跟着"墙"的倒塌，在1990年6月22号被完全摧毁。十年后，2000年8月13号它重建。据说新建的哨所完全保持原貌，包括涂成白色的小屋中所有摆设，包括其中的卫生用品和电源管线的埋设。

这间孤立于街心的著名前检查站，引来很多游人，想和它合影，可要耐心等待。

展览馆的另一部分，是临街的三层小楼。有德国青年学生这么形容它："在废墟中，一个协会办了个小小的博物馆，回忆成功的和失败的越墙逃亡行动，那是一个阴沉的地方，一个混合着各式各样的啤酒瓶盖、发黄的报纸碎片和上面刊载着悲剧的大杂烩。"

这是一家私人机构，像进入一个普通德国人的家，每个展室空间都不大，比起重视展览馆文化的德国其他众多展览机构，它狭小局促，但是，每个进入者都会惊叹，这里集中了多么沉重而不同一般的"大杂烩"。

柏林墙，我原以为我对它够了解，老远跑来看展览，不过是重温，不过是来柏林的一路上惊讶于东西德原来存在这么大差异的一次印证。仔细看了"墙"，才重新理解了，人们对一个历史事件的了解局限是绝对的，那大大小小的苦难和幸福，连亲历者都没可能完全体会，何况旁观者，何况柏林墙这样重大的事件。看"墙"，想到小时候记住的一句列宁的话：忘记过去，就意味着背叛。

可惜展览馆不允许拍照，它展出的实物很多，又有多部电视机在各个角落播出有关墙的影像资料，没办法完整复述我看到的，事先我们也没有预想到，在这个不大的地方转了几乎一整天。徐去把每种逃亡过程的影片都看了，回到斯图加特的住处，他居然根据记忆，把不同的逃亡细节都画出来。

要来说说逃亡了。表面上,整个展览注重展示逃亡过程,它们可以分成三个层面:通过地面,通过天空,通过地下。

人啊,调动了它的一切潜能,全部聪明智慧全部冒险冲动:

A. 迎着哨兵子弹直接越墙冲关。

B. 伪装成行李公然捆扎在汽车顶部蒙混过关。

C. 把汽车发动机改装到车后厢,在前箱里藏身。

D. 孩子被强塞在不可能引起怀疑的最小码行李包里。

E. 改造电缆,在它的轴芯里藏人。

F. 从四楼窗口把婴儿抛向西柏林。

G. 日夜不息几家人联手挖地下通道。

H. 自制各种潜水机械潜过河。

I. 利用滑轮从高处空降孩子。

J. 自制热气球,飞行器,滑翔机。

逃亡者用过的实物,手电,钳子,改装汽车,旧降落伞,油灯铁铲,各种自制机械,塞满不大的空间。还有大量照片,记录被射杀者们,血迹和墓碑和鲜花和十字架。

不逃亡不会死,但是有那么多的人毫不犹豫千辛万苦地选择了逃亡。

死或者活,在荷枪实弹下撒腿就跑,谁都知道,活着的胜算太小,但是他们宁愿一试。从1961到1989的二十八年间,直接死于想越过这道柏林墙的有一百七十六人。

看了墙展,才懂得了,越过它已经不是信念,在那二十八年里,它逐渐成为了人的本能。

人这种动物,他究竟肯为自由付出多大代价?

一堵墙,曾经不可逾越的,一瞬间说倒就倒了。

展览馆楼上有通向室外的小阳台,我出去透透风,恰好有一伙人在下面的检查站沙包前拍广告。四个穿艳丽紫色紧身西装的瘦高个小伙子，脸都涂成银灰色，提着超大码的黑皮包，飞一样来回穿梭越过白色的检查站，色彩啊跳极了、撞极了、反差大极了，视觉上好看极了。亏他们能想到来这地方拍广告。

展览馆出口就有"墙"卖，最小块的，比拇指指甲大一点点，要五块九马克，差不多二十四元人民币，有人怀疑它不是真的。的确，任何一块水泥碎块涂抹几道油彩都可以自称柏林墙。两块大墙，高约五十分，宽二十多公分，标价三千六百马克。

柏林墙的早期只是铁丝网，挡住那些想从东边跑到西边的德国人，是二战刚结束的上世纪50年代初，后来它逐渐改造，最终成为那道高四米满身涂鸦的水泥板，又荒诞地由最恐惧最不可逾越的铁幕，一夜之间被砸碎，成了引人收藏的艺术品。从结果到结果，这之间的过程在今天看来似乎并不复杂。而跟着"墙"发生的故事每一件都惊心动魄。

1961年8月12号的傍晚，在东德统一社会党总书记夏布利希的郊区别墅里，建墙以"玫瑰行动"这样优雅的名字通告给了到场的东欧领导人。在这时候，还有六万东柏林人每天过关去西柏林工作，此前的逃亡从1945年起，从没有间断过，到1961年，已经有超过两百万东德人成了西德人。曾经有东德领导人同意给想离开的发放通行证，他们"天真"地以为那些有产阶级走了，留下来的将是坚定又可信赖的无产阶级。仅仅1960年，就有十五万人通过八十一个哨所进入西德。

1961年8月12号夜里，一百多吨铁丝网运到"墙"下，经过计算，还缺少三百多吨，立即决定由罗马尼亚紧急进口。凌晨一点，两德边界照明灯熄灭，运送铁丝网的军车到达，很快，八十一条通道关闭了六十八个。8月13号的早上，太阳照样升起，柏林人从东西两侧同时看到了高

"墙"。后来，它延伸封闭了整整一百零六公里。8月14号，勃兰登堡门关闭。从此，柏林城中有一百九十二条大街被拦腰切断，"墙"的出现使柏林市中心出现了四十多公里长，三百米宽的空旷地带。1989年1月，"墙"倒塌前十个月，当时的东德领导人昂纳克说：这座墙在以后五十年或者一百年也会继续存在。就在这同一年，它不仅倒了，还有人仿照破碎斑驳的"墙"，制成一座精致的微缩断壁，作为统一自由德国的象征，送给英女王伊丽莎白二世做生日礼物。变化实在来得过于快了。

离开查理检查站展览馆，我们沿着被保留下来的一小段柏林墙走，它已经不能随意接近，有约两米高的铁网隔离开行人，无名艺术家的涂鸦都在那些兴奋过度的日子里被"自由向往"的冲动破坏，我们看到的只是一些被敲凿得千疮百孔的水泥拼板，有些地方已经凿穿，暴露出弯曲的钢筋。印象最深的一处，凿出一个人形，正好够一个成年人来来回回不断地穿越。徐总想最接近那堵墙，他想试试它有多高。我说四米，他还是不甘心，总想试试这堵墙所代表的四米有多高。

一些旅游车路过，却不停车，只是缓缓减速慢行，让游客草草看一眼它。

一个十九岁的中国学生刚到德国说：这里的人真壮啊，任何一个德国女孩都能打趴一个中国壮汉。过了十天，他的说法变了：这里的人太散漫了，一个中国女孩恐怕能战胜他们一群男人。又过了十天，他说他要研究一下德国人和他们的历史。

世界上有少数几样东西，人们拿它没办法，只能心服口服，只能五体投地，无论情感怎样，必须承认它的纯粹的力量，别妄想去质疑它。这人间的力量之一，就有柏林墙。

看过了"墙"再去看柏林，总感到它是支离破碎的。墙没了，空旷地带当时都还在，东半个城区有个别建筑还裸露着断壁，有人把墙消失以后出现的空地称作"欧洲最大的工地"。坐车出勃兰登堡门向东走，经过一站一立的马克思恩格斯二人像，那是中国游客最爱照相的地方，再向东，越走越寂静萧条，有许多中国人熟悉的苏联式水泥板楼。

在德国，有人形容移民问题说：当初，我们要的是劳动者，但是"人"来了。

上世纪40年代后期，战争使德国国内男人骤减，当时允许土耳其人入境，他们担任了最繁重肮脏的劳动，没想到他们来了就不再回去，成家立业生儿育女，带来了一些社会问题。就在这种时候，"墙"一夜间倒了，一千六百多万东德人可以自由出入封闭了四十四年的界线，虽然都是日耳曼民族，但是这是完全不对等的融合，工作职位社会福利都是有限的。曾经，一个冒死逃亡者落地西柏林，他受到的是英雄式的拥抱欢呼，这些镜头现在还在"墙"的展览馆里，现在看了仍旧激动人心，但是现实已经变了。摆在德国人面前的是紧跟着自由蜂拥而来的东德人，事情不是合二而一那么简单。

从墙的倒塌起，再没有什么东西让所有德国人耿耿于怀，同仇敌忾，四十四年中形成的差异很难在短时间里变成同心同德。有一个外国人说：这儿不再东西对峙，却依然南辕北辙，它是个搞不到一起的历史半成品。

1999年，德国公布的官方数字是：柏林墙倒塌后的十年间对于原东德地区的拨款，每年一百亿马克用于公路，一百亿马克用于铁路，一百亿用于电话网络。这十年里，东德地区的私营企业家由起初的一万名增加到五十万名，汽车由三百九十万辆增加到七百万辆，电话由一百八十万部增加到八百万部。巨额开支使原西德人要付出更多的税款。仅仅1998这一年，柏林市的文化预算就是十亿美元，即使这种投入，在柏林街头仍旧感觉它还有太多的事情没做，千疮百孔的地方随处可见。何况有些东西即使是钱也难以改变。

离开柏林后，经过德累斯顿回德国西南部，它的中心火车站广场成了一片工地，正在拆除列宁纪念碑，易北河边发黑的古老宫殿都在等待维修。而莱比锡火车站附近的建筑让人想起中国1967年"文革""武斗"过后的狼藉。

东西两边的一部分人，沿袭着惯性，继续吸着不同的香烟，喝不同的酒，看不同的电视节目，读不同的报纸，有人渐渐感觉那座四米高的"墙"还无形地隐隐存在。这哪里是当初彻夜欣喜狂奔的人们可以预料的。

柏林墙倒得太仓促，来不及销毁的东德安全部门卷宗遗落世间，有人形容这些曾经绝密的资料，暴露了人在专政制度下的屈辱、低贱、胆怯和卑微。谁会乐于和多年来潜在暗处对自己的生活窥视告密的人呆在一起？直接死于墙的人以百计，而多年里受到"墙"的荫蔽恩惠者却以几十万，甚至百万计，这些人的突然暴露显现，又难免不带来更深更长久的内心嫉恨与惴惴不安。

2001年的9月12号早上起来，发现住处的窗外飘着德国国旗、美国国旗、巴登符腾堡州州旗。世贸中心的图像是两天后在嵌在墙壁上的小电视上见到的，它只持续了几分钟，就有一个德国人跑过去按键换频道，屏幕上出现股市行情，他正关心这个，看见一路向下的K线图。后来我们注意到，德国公众超级冷静，甚至有点木然，他们停在电视屏幕前一小会，就默默地离开。

9月14日，是全德国降半旗悼念日。下午，去斯图加特市中心广场，见到有人正从窗口收卷巨幅旗帜，许多黑丝带迎风飘拂，街头艺人在地上用彩色粉笔画圣婴伸手向空中接一张降落中的一万元的纸币。露天吧里喝咖啡的人和往日一样悠闲。一个年轻人靠在一家瑞士刀专卖店橱窗下面，用一只小横笛吹奏《斯卡博罗集市》，让人想起好莱坞老片《毕业生》。

我始终没有弄清，德国人是天生就这么宁静，还是经历过了1945年、1989年，他们更加沉思而寡言。

在德国最南端进入阿尔卑斯山区的小城菲森，是去新天鹅堡的路上，我们坐一个老人赶的旅游马车，他的毡帽上别满了各种各样列宁或者镰刀斧头或者红旗的纪念章，高头大马转弯时听到他用俄语夸他的马说：好！

是俄语，在上世纪60年代最后一年，我上了中学，第一天就知道要学俄语了，很快学了几个词：同志，无产阶级，毛主席万岁，缴枪不杀，还有"好"。所以，多年之后，在德国，听懂了马车夫的俄语。而在科隆大教堂前，两个正表演缓慢协奏曲的艺人看到我和徐向他面前的小盒子里放了几马克，其中那拉手风琴的年轻人突然快速又极热情地转向我们，几乎是跳跃着奏起了《喀秋莎》，围观的人们也随着节奏鼓掌，难道东方面孔就一定喜爱前苏联的歌曲。

临离开德国前，在南部城市奥格斯堡遇到了一场雨，避雨时，看见一家花花绿绿的儿童玩具店隔壁是一间主题酒吧，门口张贴着大幅的切·格瓦拉，那张看了无数遍的红黑相间头像。

有个德国朋友说：切，你们知道他吗，他在德国很红啊！

我说知道：在中国，他也很红。

德国人有点惊奇地看我们。

切·格瓦拉，这个被塑造成为游击而生的家伙，第一次知道他，是看了一本传记，时间1975年，当时的格瓦拉传记以内部参考的形式出版，书在扉页后附一照片：穿制服和穿便装的人们围着他在担架上的尸体，指指点点，格瓦拉赤裸上身，眼睛半睁。而就在柏林墙最后筑成的前一年1960年的10月到11月，两个月的时间，他率领古巴经济代表团访问了中国、苏联、捷克斯洛伐克、民主德国、朝鲜，民主德国就是曾经的东德。这陈年旧事恐怕五个被访国的新一代们都不太知道也不关心了，被各种新媒介和大众消费的切·格瓦拉是另外一个了。

柏林墙倒了，当初筑它的人或者只是简单地想到强行阻断，谁会想到一堵墙的起落涉及的问题会多复杂。造墙用时一夜，拆墙用时一夜，而由"墙"带来的"墙思维""墙空虚""墙依恋"久久不散。

上面就是我记录下来的，我所看见和偶然了解到的和"墙"相关的事情。

我们的背景

什么是我们的背景。

一个在欧洲生活了十六年的朋友回到他日思夜想的故乡，住满了两年还是不能适应。我提醒他。也许原因在于我们的背景，我们住在这个叫中国的巨大村庄中，不能不被这个村庄里的一切规定着。

过去的年代，像被尘土埋没的老档案，曾经我们总是要填写表格上交，其中有一栏叫"政治背景"，其实是问一个人的政治身份，而非背景。真正的背景是人间，细密的大网不可捕捉又无处不被笼罩。

有些人不赞同我的说法，他刚离开他出生的乡村不久，那曾经就是他的生活，他不久前刚刚挣扎逃离，避之不及的旧时记忆。而且，他们早已认定了，乡村就必然是卑微和苦难。另有一些人漠不关心，他的生活就在公寓、写字楼、酒吧、24小时便利店和地铁站之间游移，别人的生活距离他很遥远。

背景，它不是一幅画，不可以摘下来卷了走，不可以悬挂到其他墙壁上，所有的存在都正在互为背景，无论谁都身在其中。

中国铁路南北枢纽京广线途经郑州市区西部的铁路桥，2002年我经过那里，还保留着横幅标语"全世界无产者联合起来"。

现在，哪些人还是无产者？也许是离开家乡的农民。

近十年来，最让我吃惊的变化是农民背离土地。传统原来是这样快速地被背叛，年轻而强壮的农民像抛弃破布一样，弃土地而走，向着陌生的存有希望的地方。

2005年的5月3号中午，我在由特区外进入深圳的关口之一梅林关，遇到比平时要严重的塞车，排队进城的车流，广东各地的车牌都有，它们争夺任何一点儿前进空间，进城去是件多么急切吸引的事情。城市路宽楼高，眼花缭乱。城市雄踞要位，君临周边。自动柜员机里全吐出百元大钞，它全身的细胞都在吸引召唤着不甘于现状的人。

城市正快速地膨胀，也广泛地乡村化。河南省会郑州市超级市场里的收银小姐，她们接过信用卡的双手都生着冻疮，不能不觉得她昨天还在田野里收白菜。不是偶然遇到一双红肿的手，在市区的"花园量贩""丹尼斯量贩"我都遇见过。"量贩"据说是台湾来的名目，怎么听起来都像街头推车的小菜农。冬天的郑州，经常看见牵一头花奶牛的孩子站在路上，棉帽子垂着两个耷的帽耳朵。那是卖牛奶的，在结了薄雪的街上，接过买奶人的壶，当街蹲下来挤牛奶。没人的时候，他叫喊"鲜奶"，牵着牛，活动广告一样走动。

黄河灌溉区的麦收季节，沿河各个城市里行人都会减少，在建的地盘主动停工十天，让工人赶回家收麦子。偶然会有割麦机在市区道路上高高地出现。很多农民人均只有六分土地，机器收割只要两三天，越来越多的农民不使用镰刀割麦。

从河南的三门峡向山西方向走，道路极坏，运煤车的黑色车辙深深地转着弯，让人想到由小说《神木》改编成的电影《盲井》，夯土墙上很多标语，一条最极端的是"严禁疲劳驾驶，附近没有医院"，这已经接近诅咒了。人心，它是什么时候变得这么冷酷险恶？

向北方去山西省，向南方去海南省，回来以后留在手里的，分别是两沓因为过于肮脏黏稠而变厚变色的钞票，想想它们都经过什么人的手，什么样的摩挲捏捻掂量。

像货币一样，什么都在流动着，都在运行着，从来没这么活泛，这么灵动，这么不安分，这么追求速度，急切渴望又几乎不可满足。

就在前天，2005年6月8号，在海口市的一家西餐厅里，三个男人进来，很快地板上出现六双拖鞋，三个人赤脚翘在椅子上，开始还安静，没一会儿，发出完全听不懂的吼叫，拍得所有的餐桌都抖，服务生说生意没谈拢。

在昆明、海口这类旅游城市机场的候机厅，等待安检的黄线内经常同时挤进去几个人，规劝都不肯退后半步，每一个都要争先。

我说，我们真是个无拘无束、钟爱自由的民族，在这一点上，倒像美国人。有人爱听这话，好像被表扬了，好像美国人是我们的榜样。

在城市以外，包围着密集厚实的乡村，它触角的顶端总是伸向城市，没有出门远行的人们，尝试着靠拢接轨仿照。

重庆山区的泥房间夹杂着临街一面才贴瓷片的白楼，农民带着羡慕说，那家有娃在广东做。

在偏远的陕北乡镇住过一夜，整晚歌舞厅都在吵，轮番换人唱冰糖葫芦酸。在黔西南乡村公路边，染着满头黄发穿牛仔裤的女孩和穿苗族服装的佝偻老太婆一同等班车，人们一点也不奇怪。1969年，我和父母插队东北农村时候的房东儿子，现在也有了个高大的儿子。2003年，我见这年轻人穿条夸张的天蓝色宽脚喇叭裤在坡上收玉米秸。

一些人穷了，另一些人富了，乡间出现了不甘心和不公平。一个东北的农民要在种谷子之前，弄断邻居的一条腿。他和邻居因为养鹿起纠纷，怀疑邻居夜里点着了他家的柴火垛，他母亲从炕上冲出去扑火，被烧伤了面部，于是，他四处打听雇凶打断一条腿的价格。其实，他并没有邻居点火的确切证据，只是猜测。后来听说没有行动，因为要价太高，听说打断一条腿要付四千块。

乡间，还个别地保存着理想。在宁夏种葵花养家的张联，他在十年里写了几百首关于傍晚的诗，提到去城里做工，他说敬佩那些人。理想主义常常是在极度怯懦失望悲观以后，才更强烈地被激发。张联的诗以近似哭嚎的调子说：我提着我的皮囊走动在大街上，我在这富有的人群中走动，身无分文。

　　冬天去仰韶。很多年来，感觉"仰韶"这两个字就是悠久和起源。那是个安静的下午，接近仰韶遗址，路两侧出现了新栽的小树，路面平坦了，好像进入了风景区。但是，道路边缘堆满垃圾，肮脏的各色旧塑料袋，在秋天的风里劲吹。仰韶村的村人缓慢出来，问要不要文物。问他们，什么文物？都是些石头。进了一户人家，有一棵小树被盖在了房子中间，像刘恒写的《贫嘴张大民的快乐生活》。这家的男人是代课教师，女人打开糊窗纸，露出来的还是石头。

　　念想是好的，念想的意思就是念着想着，而永远不要去接近，不然，连最后的念想都没了。

　　就是类似的乡村们也是世界性的乡村了。2004年10月，在纽约肯尼迪机场的货架上，我看见小的自由女神像，贴冰箱的那种，背后写的中国制造。不知道在中国哪个乡间小作坊里加工而成，那个指引自由的女性扬着纯白的脸。

　　河流，林木，山岭，我们不说它了，只说牛羊。从陕西到山西到贵州，经常能见到赶羊人和他的羊群蔫蔫地行走，人和羊肯定都是肮脏不堪的。107国道上的运输肉食黄牛的车厢里，牲畜们在几乎窒息的空间里痛苦地呼喘吐涎。

　　一个刚从北方乡下来的小伙子告诉我，他进城以后再不吃猪肉。养肉食猪都要喂安眠药的，不是他一家，全村的养猪户都如此，灌了药和饲料以后，猪日夜都偎在圈里睡，永远不走动，体重才生得快，尽快卖掉，换来现钞。

我们就待在我们从来没有过的繁杂境遇中，常常有人洞察局部，以为过上了多么现代的生活。有朋友去国外旅行回来说，他看到外面人的生活并不比自己好多少，内心平衡宽慰了很多。越来越多的人感到自己"荣幸地升格"为中产阶级了，这些中产者在公众场合的自动扶梯上还会拥挤一团，上地铁照样抢夺座位。至于中产的衡量标准，据说主要依据人均年收入。难道数目是框定中产阶级的标准？而这种中产阶级就比低收入者优越？

河南郑州以北五十公里左右的武陟县内，我看到一个乡间教堂，本来只是经过，那间教堂是当地农民自己筹款新建的，外形上只能说还算个带尖顶的小型水泥建筑物。上面，一个五十二岁的矮个男子正用当地方言讲话，他讲一个北京人半路碰见遭遇车祸的儿童，他不仅见死不救，还偷偷取走受伤儿童口袋里的钱，结果北京人回到家里，正撞上有人赶来送信，他的儿子刚刚溺水死了。这么快这么应验，听众几乎全是三十岁以上包裹着花围巾的妇人，一阵唏嘘。忽然，台上的男人说了一句什么，上百人扑一声跪在水泥地上，头抵着地面，室内腾起长久不散的尘土。我离开之前，抄了他们贴在墙上的诗歌，其中两段是：

> 神的奇妙谁也不知道
> 人心的好歹它早知道了
> 应该舍命跟主跑
> 走遍天下宣传耶稣道

叫你听道你说工夫少

　　打牌看戏你就有空了

　　有朝一日你的时辰到

　　灵下阴间后悔也晚了

　　他们说，诗是自己编写的，还送我一本"赞美诗"。我想付钱，无论如何都不收。想想佛教类似的经书们也不肯收钱的。因为钱是污物。

　　如果钱不是污物，还有什么更污秽呢？在阳朔乡下，我就遇到农民设下的收费"陷阱"，烂泥路上出现一条水泥路面，引导过路车辆进入，村里专门的守路人从暗处出来，要停车费五十块。如果双方争执拖延一段时间，罚款数目涨到五百块，据说是赔偿误工费。村人老少团团围住，不交出钱插翅难飞。

　　一个陌生女人告诉我，钱最脏了，她从来不把钱放在钱包里，装钱用信封。钱是污物，可是人人都要它。人人想马上富有，想馅饼从天上掉下来，直接跌进自己怀中间。谁也不想待在自己原有的位置上，随时准备着伺机而动。在海南岛，人们问我：你为什么不待在深圳跑到这儿来？我说：这里空气好。他们不解：你是吃空气的？我在心里问：你是吃人民币的？

　　我说的这些，没有什么大事情，看起来鸡毛蒜皮，但是，我都是亲历者。就是摩肩接踵之间的这些动静们，构成着我们每天活着的背景，谁也别想从其中择除自己，谁也不能抽身逃离，择净干系。

　　一个人是无力的，但是众人的趋同力又大得惊人。有人说混乱，有人说新秩序在形成，我看世道就是走到了这一步，像黄河憋了很多年，它终于要改道，大的水脉流动要如此，我们只能顺应它。

人观过天色，观过山色，偶然发现了蚂蚁。大雨要来了，蚂蚁的大队人马在石缝间搬家，人自我感觉比蚂蚁巨大多了，人想做个有思索状有责任感的大动物，这也是我们的背景。

2005年6月　海南岛

盐池记

1. 长城

2006年4月中旬的一个上午，我从中国西北部宁夏自治区首府银川动身，一路向东，去盐池县。不久，长城就在车行方向的左面出现，高速公路一直跟着它向前延伸。

车窗外的长城既不宏伟也不挺拔，有时远有时近，有时出现有时消失。它不过是旷野中一道断断续续的黄土墙。

离开银川大约七十多公里，接近盐池县城了，黄土墙被公路拦腰截断，它忽然由车行方向的左侧闪向了右侧。目前，有两条通向陕北山西方向的道路沿着这段长城走：高速公路和307国道。两条路修建在不同的年代，相同的是，都横着破过了长城。可见两条道路的设计者勘测者施工者都没顾及到长城的完整性，路，想怎么开就怎么开了。像道路铺设这种国家行为都没有对于长城的保护意识，何况西北荒漠深处的农民们。农民看它就是一道黄土墙。

长城在盐池境内东西横贯一百九十公里，隋代长城三十多公里，明代长城一百五十多公里。如果说盐池境内有历史价值的"景物"，保留到今天的，只剩下长城了。

盐池的长城不是一条南北贯穿的土墙，有多处是断的，有些地方相隔不远有两道城墙。当地农民对长城的叫法，是"头道边"和"二道边"。

我看到的盐池县志中，没有太多关于历代修筑长城的劳役记载，只是出现"以徒谪戍","筑长城绵亘七百里"等简短的字句。隋代时候，突厥人威胁加大，在短短三十七年中，长城盐池段大规模修筑加固了五次。

距离县城不过三公里有个村庄叫五堡，被称作"长城里的村庄"。当地农民长久以来在长城上盖房子建厕所起猪圈，世代和这道黄土墙相互依存在一处。听说一年前，有媒体曾经以"长城遭人为破坏严重"对这个村子曝过光。到盐池的当天下午，我就去了五堡。村中相当一部分房屋就依长城而建，长城墙体上挖凿的窑洞都还在，有几眼窑已经半坍塌了，里面堆放着蒙着灰尘的坛子棉衣鞋子。我进了一间窑洞，这儿好像不久前还住过人，靠窑壁横搭的木板上整齐地摆放着辣椒、红豆、韭菜和白菜的种子们，有些盛在玻璃瓶里，有些装在印有"盐池种子站"的信封里。随我一起去的盐池人说：还是放回去，还有用着呢，春天了，要种菜了呢。

借着城墙建起来的猪圈里，一只不大的黑猪正挺拔着长脸在散步。长城结实又挡风，很自然地被砌进农民的房子做了一堵后墙。走近一户长城人家，看门的狗拖着拴它的铁链哗啦啦跳起来咬。长城既是这家的后屋墙也是后院墙，相当宽敞的大院子当中种了不少苹果树。一个男人很戒备地迎过来，狗一咬，他就黑着脸出现了。我们只能说来看看他的苹果树。他表情松弛了点，说树都死了，正要砍掉。在他背后，两个孩子欢快地转圈追逐。这个男人对我们的不请自来非常敏感，也许和前一段的媒体曝光有关。在他的脑子里，长城就是便利的猪圈、厕所和后墙，他们祖辈以来和那道土墙就是这种老关系，只不过是这几年，总有多事的外来人，煞有介事地跑到村里讲什么"保护长城"。媒体是没事找事。

出了五堡村的一段长城快被踏平了，有车辙的小路破墙而过。很轻易就登上长城，站在墙体上向远处望，落日陷在迷茫中，感觉明天会起风。脚下的细土中散布着黑豆一样的羊粪球。

记得北京八达岭长城上出售一种T恤衫，胸前印一行字：我登上了长城。谁要是穿这一件T恤走在盐池大街上，那就是个大笑话。那道黄土墙一抬脚就上去了，有什么可喧嚷的呢?

盐池的长城除了为活着的农民提供方便之外，还安顿着死去的人。距离县城大约两公里一个加油站附近，有一座坟墓直接建在长城上，看来坟还很新，取自当地的黑石片像鱼鳞一样均匀摆布，围成了这座圆锥形坟墓，墓前有一块黑石碑。碑立在地上，坟挖在墙上。

长城多年来为它周围的人们提供着"委身"之处。在盐池和陕西定边两县交界的一段长城前面，有一块简易石碑，碑上的文字是：

三五九旅窑洞遗址

定边县重点文物保护单位
定边县人民政府一九八二年四月二日公布

20世纪30年代末期，由王震率领的军队就在这一带驻守，打盐开荒，俗称的陕甘宁边区"大生产"运动。军队当年就在长城上打窑洞住，现在还能看见分布均匀的窑洞群。这段长城保存得相对完整，也许全靠那段军人驻扎史。

在盐池，比长城更能显出气势的是偶尔出现在荒原上的墩台，整个县境内长城烽火台加土墩有一百七十一座。过去年代的烽火台里面，囤积柴草，以备突遇袭击时，点燃烽火传递信息。当地人说，那些和长城无关的土墩在古时候是"一双复一只"：单个土墩每隔五里一个座，双土墩每隔十里一对，是古人用来标志道路里程的。我第一次知道，古代的中国也有道路长度的标识体系。现在不容易见再到双土墩了，所有突起在丘陵慢坡上的墩台都在大自然的风蚀水浸里，失去着曾经的形状。

离开盐池的十天以后，看到一条消息：

"新华社4月26日电：由中国长城学会等单位共同发起的'2006中国长城新闻采访万里行'活动在长城最东端的山海关正式启动，将对河北及甘肃长城做摸底工作。

"据称，保护长城已刻不容缓，调查表明，目前明长城有较好墙体的部分不足20％，有明显可见遗迹的不足30％，墙体和遗址总量不超过2500公里。"

以盐池县的角度看，新华社就相当于国家，新华社所讲的"保护长城"，相当于国家在又高又远的地方说着国家的事情。国家太大，而盐池太小。所以，盐池境内的长城还是老样子。

仔细看过县志会发觉，盐池境内一百九十公里长度的黄土长城似乎没有抵御外来侵袭的大战役发生，那么，长城就是一道黄土墙，它和盐池人的直接关联注定是简单的。

2. 县城

盐池县位于宁夏东北部，它的北东南三面分别邻接内蒙古、陕西、甘肃。

盐池曾经是一座古城，按最早的典籍记载，秦穆公三十七年，这里已经是戍边地。到秦始皇当政，曾经派大将蒙恬驱赶匈奴，在黄河以南筑城四十四座，其中就有盐池城。

公元1457年到1464年，明朝天顺年间，现在的县城正式修筑。记载中的盐池城长1100米，宽1050米，面积1.16平方公里，城墙用黄土夯筑，基础宽12.6米，设东南北三座城门，各设有瓮城，南门名"广惠"，东门名"永宁"，北门名"威胜"。现在能看到近年来修复的一段城墙，一座已经启用城门和等待复原的一座城门。真正的老城墙夹杂在各式民居间，偶尔能见到一段黄土裸露的残破墙体。

我刚进县博物馆的门，正遇到几个人搬起一座木制模型要往外走。据管理员说，那是即将在未来博物馆新址开放以后，才能对外公开展示的清代盐池县城复原模型。好像很怕重要机密被窃取，她不愿意多一句解释，被追问烦了才粗粗指给我看：曾经的盐池县城内，庙宇亭台总计38座。我刚刚辨认出三座有飞檐的城门和一座标出的药王庙的建筑物，模型就被匆忙抬走了。没办法理解管理员为什么像藏匿寻宝图一样，生怕外来者多看一眼他们的老盐池城，哪怕是堂堂正正买了门票进来参观的。

盐池县城区的北部紧连长城，它相当于县城的外环。关于这座城的建造故事在县志里有这样的记载：明正德二年，左都御史杨一清发八府各卫丁夫九万修筑长城，自灵武横城向东筑墙挖堑，墙高厚各两丈，修三十里，劳役繁重，疾病流行，恐丁夫哗变，于是下令改修花马城池，五日而成，民夫散归。

从这段不长的文字中能看到当年修筑长城的苦役，致使官吏最后惧怕造反，为了尽快遣散怨愤的民夫，改修长城为修当时叫花马城的盐池城。只五天的工夫，就造好一座城，民夫一哄而散。五日造一城，当时的草率和混乱可以想象。后来，它又不断翻建，不断遭毁坏。直到近几年，旅游意识的突然被重视，有关部门才想到恢复部分老城墙，以每块老砖三毛钱的价格向民间征集遗失的旧墙砖。现在的县城中，有一段靠回收的部分墙砖修复的城墙，它格格不入地高耸在城区一段。相当数量的老砖仍旧砌在民居的院墙里，随处可见。

今天县城里的居民很少有登城墙远望的闲适，我在重铺了青砖的高墙上停留大半个小时，没有碰到另外登上城墙的人。

曾经的三座城门都毁掉了。在老城门位置上，已经重建的新城门显然没有恢复原貌，现在，它是一座双拱门，听说是为适应现代交通规则的双向车道而设计。北门还立着脚手架，正处于停工状态，看外形是座三拱门。据说施工队在工程进行中感到没有能力复原古城门，就放下了。

我到盐池的当夜，白大的月亮当头，天光不是黑的，是浅青色的。随后的每一天都刮风，直到六天以后，在我离开的前一夜11点钟，风住了，当头横着北斗七星，新起的城墙黑压压挡在眼前。盐池城只有不多的灯光，深沉寂静。

盐池旧名花马池，现在的街边公园立着一匹马的雕像。"花马"这地名居然有多种解释：（1）早年盐池城东有大水池，水草丰盛，一个夏天的中午突然出现一匹色彩斑斓的马，任何人想牵它都不可能，那是一匹可望见却不可接近的神马。（2）传说明朝时候，这一带雨水旺盛，城墙上长满青苔，马来吃青苔，马的影子斑斑驳驳映照在城墙上。（3）清代兵部尚书王琼骑马来盐池，马渴，见到一池清水，低下头喝水后突然起身，骑在马上的王琼被摔下来，王琼自嘲：马者马也，滑死我也。滑马被人们传开，渐渐传成了花马。（4）唐朝，盐池作为皇家养马重地，设置了专门的管理机构，几万匹马，每匹马身上都打上皇家印记，叫作"花马"。（5）传说，盐池一带，芝麻只开花不结果实，俗称"花麻地"。（6）盐池过去是盐的出产经销地，有以盐换马的习俗，叫"换马地"，后来变成了"花马地"。

一个小城的名字，这么多种说法，现在普遍采用的是第一种，图的是吉利。可见历史是可以被人任意取舍的。

到盐池不久就有人告诉我，盐池最富有传奇色彩的东西是慈禧太后老佛爷的发电机。我在县城的博物馆看见它了。

关于慈禧太后发电机的来历也有两种说法，都和宁夏军阀的马鸿逵有关。第一种说法，发电机是英国人在慈禧六十大寿特意赠送的礼物，后来，慈禧不在了，这部发电机在1935年经陆路，用马车运到了宁夏银川。第二种说法，发电机经黄河水路，逆流而上，动用了四大条船专程运输，费尽周折才到了宁夏银川。马鸿逵在1935年组建了电灯公司，准备隆重地向银川人展示一下当时最时尚的"电"。在繁华热闹的银川南门拉了许多电线，吊起一只大灯泡，结果，老发电机工作不稳定，忽亮忽灭。上世纪30年代的银川人终于通过慈禧的发电机认识了"电"，说电就是"亮一下，歇一下，亮一下，歇一下"。20世纪50年代，这部早该淘汰的发电机"流落"到了盐池。

来自故宫的这件曾经的珍稀玩意，在盐池县博物馆一角平卧着，怎么看它都像个放倒了的煤气罐，搬运这件东西无论如何都用不到四条大船。

盐池城像大地上一个方形的生物，它有自己严谨的生物钟，天明亮了，车和人都活动在街市上，即使风沙满天睁不开眼，卖馒头的也双手紧按着苫布四角，照样当街摆摊。天暗了，街面空旷，隔很远才有一盏微亮的路灯。

县城的规模不小，街道相对整齐干净，广场，公园，电影院，超市，网吧，公交车，电器城，看起来一座小城市的功能它都具备。但是，盐池没有一间报刊亭。我想找到一份新近的报纸，在一家昏暗的小杂货店柜台上意外看到几份旧报纸，分别是三天前和两天前的，赶紧都买下来。一男一女两个店主人趴在柜台上，疑惑地盯着我这个奇怪的外来人。另有一次，我对出租车司机说去新华书店看看，司机脸上全是鄙夷说：那有什么可看，早关门了。我坚持赶过去，书店确实关了门，下午六点还没到。我发现，除学生们要读课本教材之外，纸上的阅读在盐池这种地方消失得干干净净，也许这种阅读从来没出现过。

临离开的时候，我非常想知道，这个紧邻毛乌素沙漠的荒凉地域，它的财政状况。仔细翻查了资料，全县几乎没有像样的工业，十几间集体企业都停产关闭了。2000年的盐池县志上统计的全县企业在职员工是1152人，是全县人口151174的微小零头。既没有像样的工业也没有稳固的农业，行走在盐池城里的人们表情却是沉缓和知足的。

我跟随盐池的朋友到城北一间倒闭了的工厂去，这里曾经生产柠檬酸。没人说得清这间工厂维持了多久，我查了县志，它在1996年4月正式启动生产，当时有员工170多人，总资产300多万，"由于柠檬酸市场疲软，产品生产成本过高等等原因的影响停产"，停产的时间是1996年7月，就是说这家柠檬酸厂只生产了三个月。

工厂还保留着大门和围墙，一个矮个看门老人过来开铁门。他说，前几年厂房里还有机器设备，后来都运走了。空当当的院子中心有个低矮的圆形围墙，据说是过去的喷水池。现在看门人一家利用它放养一黑三白，三只大羊一只小羊。

老人和老伴，一儿一女一个孙女，五口人都住在看门人的小屋里，每月领200元的看守工资。

很快，我的眼前出现了看门老人的孙女佳佳，一个不怕生人，热爱被拍照的7岁女孩。工厂废墟比想象的大，前后两个大院子，几栋只剩空楼板的建筑物。在废弃的大厂房里，小女孩四处奔跑，每个角落她都熟悉，这地方是她的天堂。只要镜头对住，她那一双小眼睛马上闪烁出极专注又有点伤感的光，她的脸和衣服都很脏，但是，眼睛里的光闪烁夺目。她的爷爷很快成了她的动作设计师，在裸露的楼梯、塌陷的厂房之间，我和朋友不断给这个意外出现的小女孩拍照片，每拍过一张她都要凑在显示屏上看。

小女孩的爷爷说，孩子的父母离婚，母亲把她扔下了。小女孩就在这个倒闭的工厂大院里长大。问佳佳上学了没。她说，我还没长大。而她爷爷说，上学？上学要交学费呢。小女孩紧跟我们，一会儿从裤袋里变出一个道具来。她有一条胶片，她把它尽量拉长，对着天空看，其实，那条胶片早磨损得什么都没有了。她还有一支写不出颜色的彩色笔，一个压扁了的装糖的小盒子。她还有一条小狗。每一样她都给我们展示过了。

空旷的院子角落里，有几个人在铲一堆水泥，对我们的到来和小女孩的亢奋，他们全无兴趣，其中那个穿一身绿色仿军装的男子，冷冷看过几眼。看门老人说，那人是他儿子，小女孩佳佳的父亲。

在看门人腾着热气的小屋子里，小女孩的奶奶正在擀面条，大面饼被擀面杖甩开来，她扬起红堂堂的脸让我们"在家吃饭"。而那个站得远远的父亲一直冷眼旁观，对任何人都没说一句话。

3. 大地

我去盐池的最初起因，只是想在农历的清明到谷雨之间去西北走走。

4月，是北方农民播种的时间，动身前，我问一个盐池的朋友，你们那里什么时候种地？没想到他在电话里说：什么时候下雨，什么时候才种庄稼，我们这搭就是这样。他的回答有点出乎意料，以我的经验，北方农村都是按节气下田播种的。我在地图上查到了"盐池"，决定就到盐池去。

大地，我又一次看到它的辽阔。大地整个被天空严密地罩住，天空是个浑圆在上的蒙满灰尘的盖子。

盐池位于鄂尔多斯台地向黄土高原过渡的辽阔地带。全县土地面积8661.3平方公里，占宁夏全区面积的13%，相当于目前深圳特区面积的26倍多，但是盐池的人口只有15万，而深圳公布的人口数字是1300万，可见盐池的地广人稀。

盐池的大地在春天里显得格外空，什么都没有，满眼看见的就是分不清是沙还是土的平原丘陵沟壑，有些低洼处有成片的白硝，有几撮前一年留下来的干草棵。树很少。虽然县志上说，全县从1950年到1979年间造林75万多亩，现存留19万亩，而且，从1979年以后，连年都有不断递增的植树数字，但是，同样是县志上的记载：沙化面积占全县面积的30%。事实是，我看到的树实在不多，稀少的树集中在县城和村庄周围，农民的庭院附近多数是手腕粗的杏树苹果树，而大片的旷野几乎全是空的。

我见到最粗的树是在五堡的大路边，这些老榆树刚被砍倒，锯成一段一段，横卧在路旁，树的直径大约30公分，不知道为什么都被锯掉了。

盐池的榆树给人特别深刻的印象，它们像被牢牢锁在旷野中的疯子，风来的时候，它们发作，头毛带动着身躯暴跳狂舞；风住以后，突兀呆木地立着，像贴在天空中的一团团乱麻。刮风的时候经过一小片榆树林，像闯进一间疯人院。

2006年4月的西北乡间，没有任何人走向土地，虽然天气暖了，背着太阳的阴坡里还残留小片的积雪，农民屋后小葱刚要返青，地窖里藏着前一年的土豆，院子当心倒着在风里呼呼响的水罐，它用两只废旧橡胶轮胎改造成，买一个这种水罐要付60块钱。每户农民的屋前屋后的地下都有不止一个水窖，窖顶有木盖，个别的还上着锁。听说，只要下一场透雨，流进地下窖里的雨水就够一家人用一年。4月14号，我吃的就是从这种水窖里取水做成的羊肉臊子面，喝这种水泡出来的茉莉花茶。主人摆出玻璃杯，捏了一撮茶叶之后，哗啦一声，先扔进杯里两大块冰糖。

土地，它让人类能够落下脚，它给它的依存者提供存活下去的起码条件，使人不饥饿不寒冷。大地，它应当是养人的。而农民就是以在土地上耕种放牧为生的一个庞大群体，这块叫作盐池的土地，人能在这里生存吗？

根据县志的记载，盐池出产胡麻、谷子、糜子、红小豆、白豌豆、荞麦、玉米、葵花，还有原油、石膏、芒硝。按1985年的普查数字：全县境内生长着254种中草药。

所有的农作物，没有水就不可能生长，而盐池缺的正是水。在离开前的最后一小时，我终于看到了当地人说的"水地"，看到了田地和庄稼，一片玉米苗刚刚发出芽。灌溉这片珍贵农田的水是通过水泥造的长渠，由黄河引过来的。如果不是水泥灌渠，黄河的水不可能到达将近100公里以外的盐池。这种"水地"在盐池的面积非常少。

盐池人蚂蚁一样蹲在坡梁上，安静地等待雨水储进脚下的水窖，他们还是沿袭老习俗，把陈年的土豆和粮食都藏在地下，除了土地还有什么可以依赖？

近几年，农户的羊一律要求圈养，禁止到野外放牧。羊的饲草显然得不到保障，偷偷的放牧一直没停过。

我问一个上了年纪的农民，不能放羊又不下雨，人怎么过活？

农民说：政府说给补贴呢，补过粮食补过现金，哪够呢，补了钱还往回收！

我问收的是什么钱？农民说，给羊打免疫针。我想，这钱是应当由养羊户出的。但是，上年纪的农民满心的不愿意，往自己屋里的泥地上狠狠地吐唾沫。

1984年，县政府开始限制甘草采挖，规定全县范围内停挖甘草五年。随后的1988年，明令禁止采挖甘草。1991年县内设甘草检查站。我问，现在还能看到甘草收购站吗？当地人的回答是，不容易看到，非常隐秘。私下的甘草交易一直在暗中进行着。

站在说不清是土还是沙子的土地上，我问，哪个是甘草。没想到，脚下的沙土里就有一棵甘草，在地面上歪着手指头长的草芽。做药材的是甘草的根，每根甘草都要挖到沙土层下面50到80公分。农民也知道，这么深的挖掘，对于土壤层的破坏是致命的。春天了，村庄里暗暗串联着挖甘草的队伍，往往是整个村子的人在天黑以后出动，每人一把铁锹，把旷野中的土地全部翻过一遍。一斤甘草能卖50到70元，和等老天下一场雨，种几棵玉米几棵葵花相比，甘草来钱快捷轻松。

事实上，盐池这地方不止缺雨水，它灾害频仍，历史上发生过大地震、大洪水、沙暴、冰雹、鼠疫。离我们比较近灾害有：1983年，一场刮了三小时的沙暴，死亡3人，伤8人，死亡丢失2万多只羊。1984年的洪水，全县五分之一人口受灾，死13人，重伤10人，倒塌房屋5000多间。2000年全年降水160毫米，全县无播种，无播种之年当然颗粒无收。

有史以来的盐池，作为一座城池和由城管辖的辽阔地界，它过去的责任是防匈奴，近些年变成了防风沙。匈奴要侵犯的是国家，而风沙越来越被重视，是因为它侵害了比盐池重要得多的别的那些地方。盐池人自己的要求很简单，就是得温饱。

没人知道盐池这个古代戍边之地的旧时地貌，但是，县志上有这样一小段记载：康熙三十六年（1697），康熙西巡宁夏，宁夏总兵为讨好皇上，布置骑兵数百准备在盐池接驾，康熙听说以后，马上令人制止了。康熙带着随从行进到今天的盐池一带，扎营围猎，康熙本人打到野兔318

只，都给随行兵丁做了补给。野兔不可能在荒漠沙丘里生存，可见300年前这一带的生态状况。

《宁夏主要交通旅游景点分布图》上，盐池地界内标示有两个景点："张记场古城"和"灵应山寺"。我想去古城看看，当地的出租车司机说，他从来没听说盐池有什么古城。我说是汉墓群，地图上就标在去内蒙古的大路左侧。司机说他只能试试。离开盐池一直向北十几公里，临近盐池和内蒙的交界了，大风的天，远近没有一个人，只有缩在风沙里，等待过往的班车问路。有个司机说，张记场村？走过了。原路返回，终于看到一条一米多宽的小道。司机不敢贸然走小路，越来越大的风沙很可能陷住他的长安奥拓，只好放弃。司机说，你就是到了张记场也是什么都没有，盐池没古迹呢。而盐池县志上记载得很清楚，张记场汉墓群面积5平方公里，1984年由宁夏文物部门发掘出8座汉代古墓，出土了陶器铜器铁器、蛋壳兽骨盐块、1000多公斤秦汉时期的钱币。

中国的县城很少有博物馆建制。盐池早在1952年就建了现在的县博物馆，当时它作为县革命烈士纪念馆，专用来纪念上世纪30到40年代死去的74个盐池籍军人，现在博物馆最重要的位置照旧悬挂有他们的画像和生平事迹。

而比康熙猎兔更早的盐池，人类活动的痕迹也有很多发现，在县博物馆里能看到汉代陶俑、汉代镏金的弓弩、南北朝的彩绘陶罐、西夏的手形纹砖。目前收藏在宁夏自治区博物馆的宁夏五大国宝之一的"唐胡旋舞浮雕"，是一对唐墓葬上的石门，刻有两个翩翩起舞的胡人，它就是在盐池出土的。

上世纪30年代，盐池属于的陕甘宁边区，是最早实施土地改革的中国乡村之一。1936年的6月21号凌晨三点，西征的红军进入盐池，县城插上了红军的旗帜。很快，军队发布了"关于土地政策的10条"，主要条款是：没收一切汉奸卖国贼的全部土地财产，没收地主阶级的土地粮食房屋和财产，对于地富兼营的工商业给予保护，没收的金银财宝粮食牲畜一部分分给穷人，一部分支援前线部队。1946年，盐池实施第二次土地改革，动员地主献地，对于不愿献地抵制土改的，发动群众斗争，没收土地，分给贫困农民，最好的地每人不超过35亩，最坏的不超过100亩。

历史上的战事和饥荒，使盐池各地总是发现埋藏在地下的尸骨，在盐池县城城边，在大水坑镇，在老城墙下都有。现在的人们还说得出来，哪一片埋的是国民党和共产党的，哪一片埋的回民和汉民。

空荡荡的大地里，偶尔有一块黑的墓碑，孤零零挺在风里。

按当地的习俗，死去的人在下葬前，多数都要请风水先生选墓地。我想知道，什么是好的坟地。人们说，首先要"窝着风呢"。正是怕风带走沙土，有人照管的坟墓都覆盖一层石片。在盐池，非正常死亡的人不能马上进入家族的坟地，比如遭车祸丧生的人，他们的尸首只能在家族坟墓群的二百米外，起一个棺木大小的"屋子"暂时寄放，当地人说这叫"瘆"。我问，这个"瘆"字怎么写，谁都说不清。这种不能被家族墓地接受的尸体要"长跪"在祖宗附近，被太阳暴晒三年以"赎罪"，才能获得饶恕，能够下葬入土。我想看一座"瘆"，他们总是说前面就有，却一直都没看到。

人们建议我去看一个湖，它在1998年忽然冒出地面，听说经常有很多候鸟在湖区栖息。冒着风，穿过板结着硝的土地去看湖。走了很远，一只白鸟忽然被惊飞起来，终于看见一片不大的水面，没见到第二只鸟。有人分析，由于邻近的陕西定边大量开采石油，到处是钻井，地下的水脉被挖乱了，水没处可流，一路跑到了盐池，冒出一片湖。

定边人得的是油，盐池人得的是水，你看这老天爷是怎么弄的？他们问我。

4. 盐池人

中国江南的很多县，古今都出过许多名人，而在大漠之中的盐池，自古以来留下姓名的好像只有督造长城的几个官吏。

一个自称"弄"旅游的人告诉我，我们盐池是王贵与李香香的故乡。我反问他，文学作品中的人物也有故乡吗？他过了一阵又说，毛泽民在1936年来我们盐池视察指导经济工作。他使用的就是"视察指导"这四个字。后来我查了资料，当时的毛泽民任中华苏维埃政府西北办事处国民经济部部长，确实到过盐池。

盐池人的脸上明显留着日照和风沙的痕迹，寡言的多，狭长脸高鼻梁目光炯炯的多。在县城里经常会迎面见到一种穿行在酒肉之间的人，黑肤色，发胖，闲散自在地在路上晃荡。有一天晚上十点多，我在宾馆大门口见到几个，并排坐在路边，个个手里拿着手机，自说自话，互相推拍拉扯，向寒冷的空气中喷出一团团酒气。

那个卖奶皮子的女人，到盐池那天，我的脚刚迈下车，她就迎过来了，问要不要奶皮子。从那以后，大约每天出门都能碰上她问我要不要奶皮子。离开盐池那天上午，我上了去银川的大客车，她挎着篮子紧随着也上了车，她说：你要回了呢，买点儿奶皮子，新鲜呢。我说尝过奶皮子，都太甜了，我要带给一个糖尿病人。她赶紧说，不甜的也有着呢，给你几张甜的，在下面再拿几张不甜的。我问，你还有不甜的？她说，有着呢。等我到了银川，尝了每张奶皮子，都是甜的，哪有不甜的？但是，给她钱的时候，绝对不会怀疑眼前这个包着红头巾的淳朴妇女，好像她天生就不会说谎话。

县城的大市场上有几个色彩鲜艳夺目的货摊，专卖绣线和鞋垫纸样，绣线一小把三毛钱，有几十种颜色。我翻看印在纸上的鞋垫图样，卖线的女人马上翻出一大沓来，全摊开让我挑选，我要了所有动物造型：龙和凤，螃蟹，鹤，蝴蝶，鱼，喜鹊，五毛钱一张。而这时候街对面摆调料摊子的小伙子也在招呼我，许多调料我都不认识，每一样他都抓一撮来，让我闻味道，有几种调料连他也叫不出名字，开火锅店的人才进这些货。无论买不买，只要对货摊上的东西感兴趣，他们都会热情得很，好像你看得上他这个摆摊的人。

街边坐着一个卖假古董和眼镜片的老人，戴一副黑眼镜，他的摊位就是临街铺一块布，布上摆得满满的，有十几只做工笨拙的眼镜，黑镜片又圆又大。我问他，那是什么眼镜。他挺傲慢地说，"石头眼镜"，戴上养眼睛呢。好像周围的人都不怀疑他说的说法。后来我才注意到，盐池街上很多上年纪的老人都戴这种"石头眼镜"，是当地老年人的时尚，也有人叫它水晶眼镜。老人看我蹲下来看他的东西，就掏出一对旧马镫，他始终从石头眼镜片上面瞄着我，大约在掂量我这个外乡人会不会真想买他的货。我一站起来，他脸色立刻变得阴沉，飞快地把马镫移到他自己的脚下，并排摆好，表示对我只看不买的不满。

坐出租车去盐池和定边交界的盐场那天，遇见一个拦车的人。我早看见有个人影远远地在风里，还以为是个偷盐的。车转了一大圈，那个人影忽然出现在路边，腆着上身，抱着一大团红棉被，是个女人，她招手拦车。司机看我。我说，管她去哪，拉上她吧。刮大风的天，车门猛然打开，钻进一个满脸是汗的小媳妇，她说她要带娃回婆家，棉被里包裹着的是她的娃。我说，看看你的娃吧。她扒开棉被，一层一层扒出娃的小脸来给我看。每掀一下棉被，都有灰尘腾起在车厢里，终于露出一张几个月大的肮脏的娃娃脸，小眼睛晶亮睁得圆圆的。我很吃惊，这个做了母亲的人本身还是个孩子。我说，你多大啊？她发出奇怪的哭声，突然而响亮，她哭着还快速说话，她说，我才二十二呢。这个年轻的母亲两天前和婆家吵架，抱着孩子回娘家，又刚和娘家的后妈吵过架，抱着孩子穿过盐滩，赌气要回婆家。她说婆家在盐池，她在家里挨打。到了公交车站，她忽然把脸探得很近，她说，这阿姨你把你的电话告诉我，今后你就是我的亲戚，你就是我的姨呢。司机赶紧说，你这娃，怎么乱认亲呢，快去坐班车吧，你姨还有事，把你送到这搭，都误了你姨的事呢。她马上下了车，头也不回抱着红棉被走在沙尘里。

出租车司机赵师傅，我完全偶然坐上了他的车，他听同行的人说我从深圳来，最后无论怎样说，他都不肯收车钱。第二天，我打电话请他带我去了定边，他坚持请我吃了定边粉坨。约好了去定边的那天早上，赵师傅穿一件很像样很干净的夹克衫，还戴了一双白手套。他告诉我，他曾经作为当地商业局的员工在广东的深圳和惠州工作过，公司最后在淡水亏了钱，全体人员撤回宁夏，他现在下岗开出租车了。即使在南方做生意的结局很不好，他还是喜欢那个南边的城市，他还记着带着妻子儿子去深圳国商顶层旋转餐厅吃早茶，每位48块，结账的时候才知道，三口人还没吃到最低消费。他说，不知道规矩不敢吃啊。赵师傅说他平时是不愿意多话的人，不知道怎么，见到我以后，他话多了，回到盐池的这些年里，再没见过南边来的人，"看见了跟见到亲戚一样呢"，他个人的好时光都留在南方了。我给他留下我的电话，他坚持说这辈子再没机会去南方了。

我和盐池的朋友去一对老人家里做客，起身离开的时候，老人提出要盐池朋友帮他和老伴照个"老相"。老相就是遗照。在这之前，他的老太婆一直在炕上倒着，听说照老相，才起身拍打衣裳，蘸了点水梳了花白的头发。朋友说"老相"的背景不能太乱了，老太婆随手掀一张炕上的旧布单子，我帮忙提着单子一角，两个老人紧挨着坐正了，一点也不笑。拍好老相，老太婆抖搂着单子又上炕了。拍老相前后，两个老人之间没一句对话，平静得很，好像做一件最日常的小事情。

盐池有个写长篇小说的青年农民叫冯丽霞，我在临离开盐池的那天早上去她家，她住的地方是当地有名的"调庄"，有政府统一修建的成排的平房，类似移民村。几年前，她全家搬离了几乎要被沙子掩埋的村庄。"调庄"就是把部分农民从不适宜居住的地方迁出来。冯丽霞满意她在"调庄"的生活，两个孩子上了学，家里有房，房里有火炉有热炕，院里有摩托车，圈里有小猪，屋外摆放着准备贴外墙的白瓷片，一进门的头顶上飘着保佑祈福家人的符。冯丽霞迷恋写作，白天和别人一样下地劳动，等家人都睡下以后，她开始熬夜写小说。因为写作和丈夫曾经关系紧张。有人问她为什么写作，她回答：苦啊。有人质疑她一个普通农民写的作品为什么那么"光明"？她说她不能说假话，她感恩。使一个西北荒漠中的农民感恩实在非常简单。

有人告诉我，过去的盐池也出过远近闻名的富商。1936年的时候，县城里有一个叫杨大潮的商人，生意做得远近闻名，开油坊，开盐店，在甘肃内蒙一带，他的骆驼队大量运送货物。中国大地上最早实施土地改革的1936年，杨的弟弟吞金死了，杨的岳父被抓走，没有音信，到第九年，家人忽然接到去收尸的通知，说人是掉崖死的。家人不敢探问细节，用毛驴赶紧拉回来草草埋了。杨家就此衰败。

2005年末，关于西北乡村代课教师的生存状况被披露和关注过。我问，盐池有没有代课教师？盐池人说，不要说代课，现在连正式教师都难找工作呢。为了追求更高的升学率，通过高考走出农村，只要稍有能力的盐池农民都会想尽一切办法，让孩子离开村庄到重点学校读书，有些从读小学起就送到县城。乡村里的生源快速减少，乡村学校萎缩，被迫撤掉合并，而县城出现了租房借读的学生群体。在中国的东部南部，有些读不到高学历的年轻人还能回乡种田，在盐池却不行，地里不生草，羊群不离圈，再年轻健壮再有知识的人回到家乡，也是一个生长着两只手的无用人。

现在的盐池有两所重点高中，一所在县城，另一所在大水坑镇。我去了大水坑中学。当天正是2006年高考前的体检日，一队学生正走出校门，规矩而不谈笑。我去了几间高三学生宿舍，女生的墙上贴着大幅的超女广告，女学生都不说话，只是拿手背掩着嘴笑，极力掩藏她们的脸。在男生宿舍，我让四个学生把他们的家庭住址和准备报考的专业写在我的本子上。我接触的盐池中学生，普遍木讷寡言心事重重。2006年5月下旬出版的《南方周末》头条，报道了中国大学毕业生就业困难的重点地区在西北，而供养一个大学生需要一个西北地区的强壮劳力不间断地工作三十五年，即使这样，学生的眼睛里仍旧有期待，好像前面某处有一个顶好顶甜的金果，只要刻苦学习就能去采摘。

回到银川以后，和朋友谈到盐池人的淳朴。有个从珠江三角洲到银川投资办厂的人告诉我，最初接触西北农民，感觉他们个个都好，耿直淳朴，心地善良。他的工厂一次招聘了几百个农民，看他们白天干活的卖力实在让人感动。可是，正是这些白天老实巴交不惜体力的农民，到了晚上就变了，他的工厂很快发觉丢东西，有人趁黑夜拆了厂房去卖砖。抓住小偷以后，发现竟然就是刚刚招进来的新工人，"你都想不通，怎么白天是他，晚上就不是他了"。

有些人，他们的心里有不止一条道德标准，不止一条做人的底线。当着人面，他可能是善良胆小吃苦耐劳的，背过脸去，他又成了极端自私的另一个人，不同的人都是他，不同的他之间好像从来都不冲突，外表淳朴又内心脆弱，看重面子又工于心计，阴柔压抑又默默顽抗着。

5. 技艺

过去的盐池乡间，有榨油的作坊，有酿酒的作坊，有游走的画匠，现在，想找一个合格的泥瓦匠都不容易了。农民盖房子要请一位工匠，每天的工钱是五十块，五十块钱得翻开多大面积的土地，挖多少棵甘草？

我拿出刚买的动物造型的鞋样给当地妇女看，几个人围过来，都说没人再绣这样子了，太麻烦呢。男人们脱下鞋，抽出鞋垫来给我看，个个都是自家女人绣的，都是些最简单的样式。他们奇怪我买那些图样做什么？我说，看着好看。

4月，有些乡下人家防寒的棉门帘还没取下来，帘子的花式都是彩色布块拼出来的六瓣花朵图案。我记得2002年在山西乡村见过许多好看的门帘，有喜鹊有凤凰，我以为盐池的门帘全出自哪一家乡村作坊。当地人说，门帘都是自家女人们手工拼的。我问当地人，没有下雨又不种田的漫长日子里，女人们都在做什么。回答是，有的打麻将，有的睡觉。她们在天黑以后经常要偷偷出门放羊或者挖甘草，这是她们独特的夜生活。

在少数农民屋里，还会看到上辈人传下来的描画着民间故事或者花鸟鱼虫的老式箱柜，旧东西在乡下没人稀罕。新结婚的年轻人添置的立柜都是相近的款式，一律是复合板，镶着一条穿衣镜。

盐池县里唱牛皮影的民间艺人王老师已经六十六岁了。他十三岁学戏，年轻的时候，生丑净旦各个角色他一个人全能唱，现在他们有一个松散的小演出团体，六个人，有时候七个人，年龄最大的七十过了，最年轻的五十过了。王老师老了，不能再唱旦角，所以找到一个女的唱旦角，也四十多岁了。王老师给我们讲他被陕西庙会请去唱戏的盛况：五块钱的烟酒全敞开了，水果啊吃食啊啥都有呢，演一场就能拿三百块钱。他说有一次连唱了一百零五天，没唱一出重复的戏。

老艺人抱出个旧箱子，箱子里面是个旧布包裹，包裹里面是他老父亲传下来的皮影。"文革"时候，民间戏曲和皮影禁演了十年。1966年，红卫兵说皮影是"四旧"，烧皮影的火架上了，老艺人实在舍不得，又不敢违抗，突然想到个借口，他对红卫兵头目说：我这一大包皮影子十多斤沉呢，熬了皮子，能出七斤八斤的胶呢，熬了胶给木匠用。红卫兵头目说：对着呢，不烧了，留着熬胶。于是，他的一箱皮影才保留下来。

老艺人不太情愿给我们展示他的皮影，从箱子里取几件"影人"就停手了。问他有没有动物，他说有呢，才去翻一条游龙。问他有没有皇帝，他说有呢，才去翻穿袍子的皇帝。再问有没有旦角，他又说有呢，半天翻出一个小姐。他说，光"影人"他就有一百八十个，他也不知道这东西传了多少年，他老父亲当年买的就是旧货。

皮影艺人拿根铁钩子不断钩火炉，屋子里温度很高，看来人老体弱很怕冷。我总觉得他在暗示：如果给他钱，他才会主动热情地让我们随便看他的"影人"，给到百元以上，他才可能唱几声。但是，我感觉金钱交易是对这门古老技艺最大的不尊重。我始终不提钱，他也一直心不在焉。

谈话中间，从偏房里走出一个四十岁左右的男人，头也不回出门去，是老艺人的儿子。问他的儿子会不会唱皮影。他马上说，他不会呢，弄这个弄不来钱呢。

他说他要是死了，这东西就再也没有用了，他想早点找个好买家。说到卖皮影，老艺人才有了点心情，他最热衷的好像只是两件事：等着死亡来临，皮影卖个好价钱。

我觉得唱"花儿"不算技艺，"花儿"不过是西北农民信口唱的小调，但是，它被当成个重要的技艺，由"花儿王"向我们介绍。

西北花儿王在他的办公室里会见我们，他坐在大班台后面，右手搭在右耳朵上给我们唱了几种不同地域的花儿。他的西北花儿王称号是1992年得到，现在，跟他一样的花儿王有六个。他说，老歌王一天不让位，小歌王就别想上来。花儿王放了一段青海花儿会上民众自发对歌的录音，然后，他说老百姓唱得都不够水准。而我听他唱的唯一好歌，就是他小时候跟母亲学的小调。

花儿王讲西北六省六月六青海花儿会，他强调那是少数民族的老习俗，花儿会上最重要的是借对歌的机会"借种"，不能生育的女人在这三天里享受充分的自由，希望得到怀孕的机会，所以他作为"花儿王"，在这三天里受到的爱慕和追逐是我们没法想象的。说到这些，他脸上放出得意的红光。最后，他选了一段磁带放，说这种歌预示未来"花儿"的发展方向。大乐队起，滑润端正的民歌演唱，所有源自乡间的成分都被过滤掉了。

花儿王的春风得意很像一个生意上的志得功满者。他的同事奉承他，成功着呢。他马上说，成功是成功，就是没啥钱儿。钱是个终极衡量标准。

听说在盐池当地没有唱花儿的传统，也没有看皮影戏的传统，不像陕北人甘肃人青海人，盐池人没这些爱好。一个当地人告诉我，盐池人没传统。这个结论真实吗？

盐池能产质量好的羊毛地毯，但是花色单调，和新疆人甘肃人织出来的地毯没区别。盐池地毯厂的前身是上世纪30年代陕甘宁边区大生产运动时期兴建的"元华工厂"。厂房昏暗得很，笨重的大机器们顶着天花板，各色毛线球悬在机器上，其实机器的准确功能是个支架，地毯是纯手工的。几个小姑娘头顶上各自亮一盏小灯，光线照在地毯上，看不清她们的脸。当时正是吃饭时间，多数机器空着，只剩她们几个在加班，因为是计件算工钱的，加班没有额外补贴。"临行密密缝"讲的是慈母，在昏暗里不停手的女孩子们闷头密密织，每天十几个小时。她们说，累，有点儿累眼呢。

古老的技艺快消失完了，盐池人使用的每一件东西几乎都来自盐池以外的别的地方。村庄里也开了小卖部，也有可口可乐，有洗发露，而这些通通是外面来的，外来的都是昂贵的。在盐池的市场上摆卖的铁锅麻绳筛子铁铲镰刀没有一样不简单粗陋，好像现在的人们根本不再需要精致细腻的东西。

6. 羊

在某种程度上，在盐池，羊比什么都重要。

刚刚走进宾馆的走廊，就闻到不知道潜藏在什么地方的羊的味道，半凝固的，黏稠的，有点燥热的，在一切物体的孔隙中。

盐池人说，"盐池滩羊肉"申报了专利，是宁夏最有名的地方佳肴。人们刚一见外来人都说："盐池的羊羔子生下来都是吃的中草药"。不到乡下去，就不能识破这句盐池人说顺了嘴的"广告词"。

如果不是个"国家的人"，没有固定的月收入，从大地里等不到稳定的收获，农户们正当的经济的来源好像只有羊，羊成为每个农户最稳妥的"农业银行"。

我坐在一个农民家的热炕上，主人的儿媳正忙着往一只奶瓶里倒牛奶，除了铺炕的皮子和棉被，炕上是空的，并没见到喂奶的婴儿。她说，她要去喂刚下生的羊羔子。饲草不足，母羊缺奶，要保证新生的羊羔存活，只有像养婴儿一样，给羊羔喂奶粉。

　　一只成年的羊每天需要草料十几斤。一只羊羔出生后二十到三十天才能断奶。不能外出放牧的羊全靠草料生存，母羊奶水不充足。因为缺奶饿死羊羔的事儿，在盐池非常普通，饿死的羊羔，扒掉羊皮能卖十块钱，剩下的几斤骨肉大约卖三到四块钱。

　　而现在引进了新品种母羊，生育率高，一胎接生双羔，母羊的奶常常只能喂活一只羊羔，另一只要趁它还活着赶紧卖掉，一般活羊羔可以卖到二十多块钱一只，只要它还留有一口气。死了无论如何都卖不上价钱。

　　一户农民养羊二十只，全部圈养，每天就需要饲草三百斤，这么大数量的植物在满目黄沙的西北乡村到哪里去找？我不止在一个农民家里看到那种四节电池的长手电，是趁着夜深到野地里放羊和挖甘草专用的。太阳落下去，人赶羊出圈，一直到太阳快出来才匆忙赶羊回家入圈，类似"偷窃行为"在盐池乡间不是秘密。我无意间听到两个农民谈论自己的村长，一个夸村长，说上边来检查，村长总能及时通知各家各户羊群入圈，甘草藏好。另一个连连骂自己的村长差得远。

　　星期天早上的盐池市场外，转着两个推自行车的女子，车把上各挂四只死掉的小动物，直挺挺的，我问了，正是卖羔羊的，后架上还挂着几条肮脏的羊羔皮。有人说，可不能贪图便宜买那羔子，说不定是病死的。

　　盐池大水坑镇的十字路口，卖羊羔的人蹲在地上，面目没有表情地望着风尘滚滚的大街，而他的羊羔子就在两米以外，正顽强地一遍遍练习站立，这只生下来不到二十四小时的小生命，四条生满茸毛的小腿抖动得厉害，它本能地挣扎着想要站得稳。偶尔有人过来，顺手将将它身上的皮毛就又起身走掉了。我说，如果给那个卖羊羔的人两袋奶粉，他能带上羊羔回家吗？据说不能。

中午时候，畜品市场的空地上，十几伙卖羊的还在左右张望，等待交易。可是赶集的人已经开始回家。有些羊挤在拖拉机上，有些被拴住一条腿在地上趴着。有人一手按倒羊，从脚下一把一把抓沙子揉搓它的皮毛，很快，这只羊就会变得干净。

也许是为了表示鲜活，畜品市场里准备出卖的死羊都带着血淋淋的头。过马路的时候，他们就拖拉着这种带头的羊皮，慢悠悠地走。

畜品市场的一角，几十只羊已经有了买主，正等待被运走，它们紧紧挤在一起。人接近羊的时候，羊群全都怯怯地转过脸，快速躲避，所有的羊头全想扎进土墙的角落，羊把屁股对着人。忽然，一只羊大叫了一声，它在拖拉机上，有一张油黑的脸，强有力的阵风过去，带着腥味。

有朋友带我去看羊皮加工，敲铁门敲了很久，高宅深院里跑出看门人，他身后是几条蹿起来咬的狗。厂主虽然和带路的朋友认识，还是寸步不离，警惕地跟住我们。外表看这里只是一排普通的平房，靠着门的屋子堆放了一人高的羊皮，工人说有四百多张，脏极了，屏住呼吸也挡不住强烈的腐臭味。最深处的一间房子中有几个水泥池，很多羊皮浸泡在池子里，水池表面飘着一层白沫，因为添加了化学制剂。有一间房门上有牌子写着"毒药室"。少数处理好的羊皮已经非常洁白平整，想不到它们曾经那么恶臭肮脏，每张白羊皮被紧绷在一个木架上，这道工序是靠强力把羊皮拉平。我不明白加工羊皮为什么要戒备森严。朋友说，为了逃税。这个厂主经营羊皮加工多年，交羊皮的主动送上门，处理加工过后有专车来取，在不知情人看来，这里就是一间有院墙的普通民宅。

养羊带来的另一项稳定收入，就是刮羊绒。我去一户农家，这家的男人正在羊圈里刮羊绒，羊被拴住，羊头和四肢分别用麻绳固定捆牢，它被按倒了，挣扎不得。男主人说，要先剃短了羊毛才方便刮绒。他嘴上说着，手一直没停，用梳子似的工具紧贴着羊皮肤刮那层细绒毛。羊的腿在他膝盖的顶压下抽动，但是，羊没有叫，它沉默。

我问，羊疼吗？

开始男主人说，羊疼，后来他又说，羊不疼。不知道他为什么改口。

刮羊绒的时候，在羊圈另一侧，二十多只羊避缩在一起，看着这个"现场直播"。

羊绒市价在盐池最高的时候卖到过一百八十块一斤，那是前几年。2005年只卖能到一百一十块。即使这样，也是一笔相当可观的收入。一只羊只能出七两左右羊绒。按盐池县志记载，2003年，全县羊绒生产五十二三吨，如果这个数字确切，整个盐池在那一年里要养多少只羊？这么大数量的羊靠多少草料饲养？

我在盐池宰杀场停留的时间很短，那里是正规屠宰，也有相当的规模，听说每年春节前都是人山人海。死掉的羊成排倒挂着，每只都在滴血，有人在水泥台上快刀处理羊内脏，地上有集中在一起的羊头。带我去宰杀场的人说，羊这生灵好，杀它，它不使劲叫，不像杀狗、杀鸡、杀猪，嚎得不行，羊就等着你杀它呢。

我问，羊一点儿不出声？

他回答：也就是"妈妈"叫两声。

在盐池不止一个人对我说：不用可怜羊，它就是人嘴里的一口菜呢。

盐池农民几乎家家养羊，他们又爱惜羊又轻蔑羊，有人怀里抱着羊羔喂奶的时候，也有人正拉住一条倒挂着的羊腿往下扒羊皮。有人对我说，羊不可怜，因为它没灵性。他家里养过一头驴，又老又得了病，临死前，这头驴围着村庄走了三圈，然后重重地仆倒在主人面前。羊就不行，杀它喂它，它都是一个样呢，他说。

7. 风

从我到盐池的第二天起，连天刮风，每天都有5到7级，当地人觉得这很正常，生活按部就班纹丝不乱。

一个七十岁的老人说，春天不能不起风，风不来，天就不能暖，从前风也不少刮，没听说过什么是沙尘暴。

直到我离开的那个早上，天空才蓝起来。盐池人略有歉意地说，你来的时间不好，过些天，马兰花就开了；到秋天，葵花就开了；再晚一点，杨树落叶，野地里全是金黄金黄呢。我能想象那些好景色，但是，我不是为景色来，同样，我也不是想在盐池寻找贫困的极端。我知道，宁夏固原，陕西佳县的自然环境都比盐池恶劣，我是只想去西北地区一个普通而平常的地方。

都说风从蒙古高原来，从盐池西北的毛乌素沙漠来。但是，我感觉风是自生的，它离人很近，就在村中间快要枯死的老榆树树根之间。

起风的时候，我在王乐井乡一户农民的院子外面，先是天昏发黄，地下的沙土松动了，风像一条灰白柔软的细蛇，沿着嶙峋树根的间隙簌簌地溜过，在低洼的地方停留打旋，不发出丝毫响声。很快，我端上两碗羊肉臊子面走出灶间，经过院子向屋子里走的时候，风已经成了势力，远处的高地昏暗浑浊了，从农民家的灶房到正屋，不过几米远，已经能感到沙土打在手上，落在碗里，想蹲在墙根下晒着阳儿吃午饭已经不可能了。和风配合紧密的是发灰的天空，太阳好像肿胀的青脓包鼓在半空里。那也叫太阳？

无论多么深的角落，纸张上，床铺上，衣袖上，任何物件只要动它一下，尘土就扬起来，摸不到物件本身，什么东西都隔着一层细麻麻的沙土，这就是我在盐池的感觉。

连天的风使我有点不安，好像要发生什么事情，其实什么也没有，看看街上倾斜着顶着风走路的盐池人，一切都很正常。只有我不安，头发都奇怪地干蓬着，里面藏着一大团静电。

2006年的杏树也已经在开花了，凑到杏树下面才看见它原来是满树的花朵，前几天的一场风，让所有杏树的花瓣都是肮脏的蔫的，离远了看不见杏花，它就是一棵灰暗的树。

盐池的乡下，经常看到一些半瘫垮的房子。只要人一离开，风就带着沙子跟过来，几年前还住着人的房屋，很快就被掩埋，成了沙土里的废墟。

盐池境内并没有盐场，据说过去盐场是属于盐池的，后来给划到陕西定边去了。我想看看盐场。在大风中，上了307国道，有时候车窗玻璃完全被沙土蒙住，有时候能见度只有十米，汽车不自主地向外侧飘，狂风卷着沙土顽强地漫上道路。进入了定边，发觉行道树茂密了。盐池的司机说，定边的树就是种得好呢。我想到有个加拿大人搞不懂，中国的树为什么都种在路边？路边种满了树，遮挡了远处的荒野，又能阻止沙子掩埋道路，307国道上没有植被的一些路段，风裹着沙土已经埋上来了。

盐场的人掀开破门帘出来，是个穿西装戴领带的男的，问你们干什么的。我说看看盐场。男的夹着衣襟缩回屋子说：不偷盐就行。司机摇上车窗说：哪有大白天坐出租偷盐的？我问他，有人偷盐吗，一袋盐能值多少钱？司机说，听说过偷盐，夜间背上大口袋进盐场，盐沉呢，压死个人，偷盐的都是男人。在大风间隙的时候，才能看清远处的盐堆，几片梯形的灰暗高台，那些盐不是白的。

我不理解，为什么刮风天会有人畜死亡。当地人告诉我，羊胆子小，风越吹它们越紧缩在一起，挤进一个角落，打死也不肯动，人又急于赶羊回家，风刮得天昏地暗时候，什么都看不见，羊和人随时都可能失足掉崖摔死。

　　你没见过刮黑风呢！开小店的老板说。有一年刮黑风，他说他是蹲着走回家的，蹲着，摸着公路的边儿摸到了家，当时的天黑得什么都看不见。我问他，是在乡下？他说：不是，就是在盐池县城，今天，这根本不算什么风。

　　也有农民说：今年怕是个黑年景，要刮黑风呢，前几天刚连刮了几日，还没歇呢，又要起风了。

　　晚上吃饭的时候，在饭桌上谈起4月初的那场风，有人看了新闻，说风都吹到了韩国。"咱这儿的风？长途跋涉都到了韩国？"盐池人对这个消息很感兴趣。

　　我一直在留意当地报纸：从银川向北的高速公路有部分路段被沙子埋没。带我去看盐场的出租车司机说，当天早上有人给他打电话，说十公里外的一个村子里，有孩子让狗咬了，要他接孩子进城打狂犬疫苗，他的车在进村的路上陷进沙子，开不动了，被迫喊了村里人来抬车，这条道路前一天还能走车呢。

　　我离开盐池经过银川，第二天就返回广东，三天后的天气预报说又一场大风要刮过西北几省。

2006年5月—6月 深圳

甘南的藏人

1. 去郎木寺

从兰州出发到郎木寺,要坐九小时的长途公交车,如果再继续向前走,是个叫迭部的地方,迭部还属于甘肃,再往前就进入四川境了。

公交车司机在岔路口喊我们下车。向路口的几个闲人问去郎木寺的路,都说不远,抬起袖子向前指指,说一走就到了。事实上,这段海拔大约3600米的山间公路,有3公里长。山里气流新鲜,而凉得具有穿透力。远处的山尖在雨幕里,闪电不断,奇形怪状地撕裂着,黑的云彩白的云彩全都高耸着,下雨的云彩并没来到我们的头顶上。

感觉一路上的山都是活的,虽然看着阴郁低沉缓慢,没准一下子就能跃起身来。贴着地,有许多野花。一路上无人,无车,全无声响,想搭顺风车不可能了。想到岔路有黑脸的藏人撑着车门,也许就是拉客的,他为什么不劝人坐车? 好像喊人上他的车很不好意思,有点说不出口。

慢慢走,身后闪出一辆摩托车,驾驶的摩托车的人穿着厚皮袍子,眨眼就离得很近了,忽然他嚎了一嗓子,真是天生的男高音,谁知道唱了句什么,全在高音区里旋绕拔高。唱歌人的摩托车贴身飞过,在前面的路上不断盘旋转弯。年轻的藏民不骑马,摩托可比马好多了。

转过山,已经看见郎木寺小镇了,依着山有一条湍急的河,翻着白水花,水声很大。这时候遇到一辆拖拉机,超多年没坐过这种交通工具,也许上次坐是三十多年前了。开拖拉机的是个藏族小伙子,穿的汉族服装。开始他没听懂我们拦下他的目的是要搭他的拖拉机,镇子已经在眼前了，还要坐车吗？他很觉得不可思议。车厢里坐着的另一个年轻人听懂了，说五块钱，然后，特灵便地拖起一根镐头翻身跳下车，坐到路边的草丛里，表示他们没什么急事。这辆拖拉机前面有道横梁的，能当扶手，突突突突，我们高高在上，三分钟就进了郎木寺小镇。

镇子小得很，不用十分钟就能走到尽头，过一条小桥，那边就是四川。街上的十字路口坐着站着半躺着十几个穿藏袍的人，什么也没做，一丝动作也没有，极安静地呆着。我发现甘南藏人的袍子没有浅颜色的，一律都暗淡深重，即使滚在泥里都看不出脏，袍子的下垂拖着些破旧不堪的边边穗穗，两个藏民和牦牛偎在一起，像三个兄弟。这可不是电视节目中的藏族服装，那是歌舞者们穿的。

镇子上几个快步走路的是外国旅游者，手里拿两只西红柿或者一根黄瓜，浅色的眼睛和藏人一样安详，他们多是长住朗木寺的，不是来去匆匆随团一日游的那种。

听说郎木寺最早被世人了解是通过一个美国人，在上世纪30年代他写了书，曾经和《消失的地平线》齐名。

2. 旅馆里

在郎木寺宾馆，交了三天的钱，开了房，大约三小时以后，又决定不住这里了。我去找负责住宿登记的藏族姑娘，要退掉这个房间，姑娘并没在那间有皮毛和快餐面味道的屋子里，宾馆里的人说这得等老板来，你们要了的房子，住下了，又不要了，这要等老板来处理。好像他们把这事情看得很紧张，几个年轻人嘀嘀咕咕的，坐到那个铺了动物皮的床铺边上，用藏话讨论，好像遇到大难题了。

过一会有人到房间里来喊我，说老板来了。逆着光看见屋子当中站着个高个子，黑的脸上棱角极其分明，穿长袍子，不像几个年轻人的穿汉式短衫。他显然有了充足的准备，他说，开了的房子要收钱的，你一共开了三天，别的两天就不收了，今天这钱要收。我说，好。屋子里齐齐地站了五六个人，忽然紧张的空气松弛下来，可能他们准备的一阵唇枪舌剑没有用上，有点意外，好像一场很惧怕的争吵纠纷居然没发生。老板早在手里拿着几张人民币，递过来说，这也是商业，都这样。我感觉他想说的意思是，这是这行当的规矩，他也要遵守，但是，他说不好这一串汉话。

如果我选演员，就选这位老板演个绝世英雄。

3. 长途公交车上

长途汽车走在半路上，一个藏族妇女上车，挨着我坐下，她交给售票的人三块钱。售票的是个回民，看眼睛的颜色能看出来。妇女把钱早准备好了，就捏在手里。售票的理睬她递上那三张淡绿色的一块钱。

很快，又上来一个藏族妇女，她和先上车的认识，她们热烈交谈。售票的又摇摇晃晃穿过行驶的车厢过来，后上车的妇女也把捏在手里的钱递过去。售票的说：三块。他摆开刚接过去的两张纸币，意思是还不够。妇女抬起另一只手，把那手里捏着的一块钱递过去。售票的平静地走了，两个妇女继续交谈。

而一直坐在我后面的两个人发出全车最大的声音，一个上了年纪的老喇嘛和一个戴大水晶片眼镜的老藏民，两个一直在说话，他们交谈得太好了，亲密和热切，很怕自己的话对方听不到，争抢着说大声说，互相拉扯着说，一句也听不懂，说了整整一路，从合作到夏河，没停过。

两小时多的路程，满车几乎都是藏人，只有几个回民和汉人。一个年轻的藏族女人上车，她穿戴得太好看了，棕色的大檐毡帽，新的，毛茸茸的，毡帽上高挑着一支禽类的翎翅，衬在厚袍子里面是浅粉色的新衫，使她那只粉红色的手臂异常鲜艳，耳朵上垂垂的悠长的饰物。她非常知道她的精心打扮会引人注意，人坐得笔直笔直，我的位置只能注视她的背后，我想象着这个美女，有时候她把脸的侧面转过来一点，能看到高原日照过的黑红。看着她，觉得这世上完全没有不愉快不健康。痛苦没有，苍白也没有。

4. 浪山节

夜里搭车从郎木寺去合作，拉我们的小司机说，他是郎木寺唯一的汉族司机，其他的都是藏族。他的姓也少见，姓拦。我明白了，刚才我在小街上问了不止十辆车，他们听说走夜路去合作都晃头不走，他们用汉话问：明天？我说，不是，就是现在。他们又晃头，很快把头缩回车厢里。小拦说，藏族怕。怕什么，怕拦车检查的警察，怕走夜路，怕在合作再独自往回赶。

黑暗的山间出现一些亮着灯的帐篷，好看极了，像夜晚高处一字排开的纱灯笼。小司机说，那是"过野餐"。什么是过野餐？小司机说，夏天，搭上帐篷一家人到大地上住十天，吃啊喝啊玩啊，什么活也不干，就是过野餐。我问，藏族人也叫过野餐？他不知道，他从小就知道这是过野餐。我感觉这是游牧民族保留下来的老习俗，不喜欢困守在房子里，依恋在野地间自由自在的生活。小司机说，在郎木寺，汉族也跟着藏族的习俗，他们家也过野餐，也有好几顶帐篷。

到了夏河，我问藏人，他们说这是藏族的"浪山节"。电源从附近的村庄接过来，靠近水源扎营帐，有在地上直接放铺盖的，有带上简易折叠床的。因为是夏天的帐篷，都是薄布的帐篷。一路上见了上百张帐篷，没见到肮脏的，个个都白亮光鲜，形状花色很少雷同。

夜里看那些帐篷真是美极了。一律暖色的灯光透过薄薄的帐篷布传向野地。白天，帐篷打开，神秘浪漫色彩变少了，掀起来的帐篷里面，有人在煮奶，水壶坐在描画着花朵的铁炉子上。

在翻着白色激流的大夏河边，早上见到女人洗衣服，孩子们排成一行走过大片开黄花的油菜地，向夏河县城去。几个男人趴在河边草地上下棋，远看摆满黑白石子，像是围棋，仔细看石子的走法又像跳棋。几个男孩热情地过来，往经过的人手上放一样东西，一根缠绕成蜘蛛状的黑橡皮条，吓人尖叫是他们的目的，没人经过，他们去吓揉面的老太太，结果被拖着厚重藏袍的老太太随手捡地上的石头追打四散。

雷电交加的晚上，我想那些在雨里的帐篷的人恐怕不舒服，出宾馆门，看见最近的两间帐篷正掀开帐篷门帘朝天放烟花。

5. 拉着藏民去朝拜

一个汉族司机告诉我，他去年冬天从甘南开车去了西藏，从离家到回来整整走了一个月，他的小面包车拉了六个去拉萨朝拜的藏民，每人交给他一千五百块钱。路好走，他说。都是同村的人，不讲价，一起去玩，够汽油钱了。

在郎木寺小镇上，藏人汉人都没有做生意的，除了给游人开车以外，他们到山上放牦牛，卖水果蔬菜的是四川来的，卖旅游纪念品的是云南来的，现在生活好，牦牛肉好卖。我们这儿的藏民不做生意，有了钱就去朝拜。他们喜欢外国人。我想到一个藏族姑娘对我说，外国人好，他们都很纯。

司机说，郎木寺的人不排外，你吃饭的那家餐馆是河南人开的，他来玩，喜欢这里，就来开餐馆了，他要盖新楼，办青年旅馆。我们这是外国人发现的，十多年前，路还没修，他们背着包走山路到郎木寺，喜欢这的空气和人，就住下不走了。我们这山上有温泉，不告诉游客，我们郎木寺的人才知道怎么去。后来，我在一本自助旅游书上看到关于温泉的介绍，看来并不像他说的，不让游人去，只要付钱。

6. 拉不楞寺

本来，想进拉不楞寺看看，开出租车的藏族司机一出县城就说这一大片都是拉不楞寺的地盘，就像说，这一带都是贵族封地。可是，那天是一个星期六的中午，所有人都在说旅行团。

紧靠着大夏河的拉不楞寺宾馆，上下都在忙，往一间间毡房形状的屋子里摆水果，问了，从兰州来的"团"要晚上才从桑科草原下来，中午就都摆好了，门上飘着帘子，有人鬼神什么都像的门神一样的图像，也有吉祥的图像。同样的门帘，在郎木寺问价三十，在拉不楞问价一百。

这座寺庙我在电视里见过它的介绍，晒佛，辩经，学生生活，我最怕周围全是旅行团，就没进拉不楞寺，在它的后街，年轻喇嘛和妇女们在往一辆拖拉机上装沙土，女人的胳膊像扔铅球的。男人呢，都去当喇嘛了？

在寺庙对面，一户人家起房子，搅拌水泥沙子的和提满桶砂浆的都是妇女。

7. 默不作声的小喇嘛

那个喇嘛走过来，穿的灰毡靴，落地无声。看他很年轻，或者不到二十岁，袒露一条结实的胳膊。他绕过乱哄哄的游客，靠近一个台子，那上面是信徒们的供奉，他在那些足够肮脏的纸币间挑挑拣拣，把五块和大于五块的理齐了，拿到手上，手里已经握着厚厚一叠。然后，他把留在台上那些小于五块的往一起攒了攒，像翻一翻正晾晒中的一小堆粮食，而被他握在手上的是粮食以外的另一种东西。

从他过来，到挑拣，到离开，全是在几乎没有光照进来的经堂深处中做的。那种喇嘛的毡靴落地无声。

8. 在藏餐馆

在甘肃南部的夏河小城里散步，因为是藏区，游人和当地人太好区分了。8月里的一个下午，街上的游客多数是随旅行团来的韩国人，特爱护皮肤的女人们戴帽子戴墨镜还用白布严严实实包着脸，只露眼睛。谁知道她们是怕阳光还是怕尘土。迎面走过来那些藏族女人看着又坦然又健康，都是高鼻梁，赤红的脸。

抬头看见藏餐馆的简易标牌，不临街，要上二楼。有个穿长黑袍的女孩带路，楼梯拐角写着很大的汉字：不要大小便。可惜，这么大字的提醒也没多大效果，味道强劲。

藏餐馆在二楼露台上摆了桌椅，上去才发觉，街道对面的二楼也都是藏餐馆，都把桌椅摆在露天，隔着街能看到对面餐馆外走廊上坐了几个年轻喇嘛，正端啤酒，向我们这侧用餐的两个中年喇嘛致意。

虽然是8月，但是天黑后，气温骤降，发见房子里生着火炉子，我要靠着炉火坐，才不会被甘南的烈风吹得流鼻涕。女主人拿来一张纸片的菜谱，她的汉话很不容易听懂。我不懂藏菜，点了藏包子和牦牛肉，还要了炒白菜。她赶紧钻到后面的厨房去忙。

女主人的妹妹躬着身穿堂而过，端了一大盘酸奶到街对面的藏餐馆去，那边的喇嘛又隔街致意了。夏河的拉不楞寺有著名的藏学院，我猜想他们是学校里追求浪漫生活的学生，一会隔街致意，一会垂下头去俯瞰夏河街景，好像泡的是东南亚风情的咖啡馆。在我吃饭这家藏餐馆的门廊上落座的两个中年喇嘛面前并没有饭菜，两个人对坐，就喝一大支百事可乐，一人端一只杯，慢慢饮，不说话。送酸奶的妹妹回来了，背上驮着一个捆绑在襁褓里的婴儿，睡着，是个女孩。她说，在里面给我们炒菜的是她姐姐。感觉她们姐妹并不像，姐姐化了浓妆，脸上扑了很多白粉，遮住了高原日照留下的红。

藏包子里面的羊肉都是大块的。牦牛肉刚上来，天色已经黑透了，去开灯，发现没有电。问那背孩子的妹妹，她说停电了，说得不急不慌，轻描淡写，看来这里经常停电。她很快就点燃了一支很短的蜡烛，直接送到厨房去，而我面前的桌上和整个屋子里一直是黑的，等待不需要光亮。我到厨房去，看见姐姐的背影沾满了墙壁，她在炒白菜。很快，蜡烛被端到餐桌上了。白菜也上来，估计用了很多的生抽，满盘子是黑的。

巨大的夜色中，进来了一个穿藏袍的，是个上了年纪的男人，他进了门就坐在铺了厚羊皮的沙发上，能感觉他一直在黑暗中注视我的举动。

他自带了一个大的搪瓷碗，那妹妹沉默着，从他手里接过碗，倒满了热水送过去，他就是来喝热水的？或者他才是这家里的主人？不知道，谁都不说话。

9. 一家人

　　合作是甘南藏区的首府，天空碧蓝的早上，我进了客运站对门一家清真拉面馆，有戴白帽的伙计招呼着进屋。屋里只有一缕阳光，除了最深处的桌子空着，其余几张桌都坐满了。两个年纪只有二十岁左右的小喇嘛，五个藏族妇女，一男一女两个藏族孩子，他们占四张饭桌。虽然是夏天，在高原也要穿厚重的袍子，袍子占地方，又都是深黑深灰深红的颜色，屋子里自然不够明亮。

　　我只能到最里面那桌去。所有人都安静着。

　　她们的面条来了，那个戴白帽的少年端着大碗，随手放在小喇嘛面前。喇嘛起身，把面端给一个满面皱纹的妇女，看来她最年长，小喇嘛又出去找筷子，他会说汉语，手里始终都拿着手机，吃面的时候也拿着。女人们一个个都吃上面了，年轻喇嘛又端给孩子。一个女人拖着沉重的袍子，起身给两个孩子分一碗面，面很烫，又很筋道，女人使用不好筷子，看来她着急了，干脆腾出一只手来，直接去抓碗里滚热的面，试着把它们掐断。满屋的人看她徒手掐热面，被烫得嗷嗷叫，全都和善地笑了。

　　那个手上转着经轮的大辫子女人始终没停，喇嘛把面条端给她，她把转轮转交给一个坐在墙角的女人，这样，转轮就一刻不停地持续旋转下去。直到最后一碗面上来，其他人都放下筷子，在热腾腾的屋子里吸着鼻子了，把转经轮再平平稳稳交出去的女人才靠住墙角，她是最后一个端碗吃面的，屋子里依旧没有人说话。

满屋的羊汤加辣子的气味，使这间不过十平方米的安静屋子里香气四散。那个大约六七岁的女孩一定吃饱了，她笑嘻嘻地向后仰着，很满足很享受的样子。谁想到，她仰得太过了，一下子连人带椅子摔倒了，带着袍子溜坐到地上，满屋的人又一阵笑，每个人都抬手，用手背和袖子擦着鼻涕。

在合作小城这家兰州拉面馆里坐了二十分钟，我和这一屋子藏民之间没有对话，说了也听不懂，只有两次轻松快乐的笑声，无数次呼呼啦啦喝羊汤声。看不出他们之间是什么关系，感觉他们全是亲人。离开拉面馆的时候，我问他们是哪儿的，年轻喇嘛回答说，玛曲。好像黄河的上游就是经玛曲流下来的。年轻喇嘛握着手机，帮妇女们拉袍子，样子端庄大方，有成为大喇嘛的气势。

2007年8月 深圳

两种隔绝

2005年的8月，中国各地都进入苦夏，我在澳大利亚的墨尔本住了十几天。其中有一天去参观墨尔本旧监狱，另一天去了郊外的一个艺术家社区。

去监狱的那个下午，满天奔跑着南半球冬季的黑灰色云彩，风相当阴冷。而另一天赶上了透明碧蓝的绝好天气，有些树枝正变得柔软，当地人说春天快了。

1. 墨尔本旧监狱

在参观墨尔本监狱之前，我从来没接近过真正的监狱。曾经去过山西洪洞县的苏三监狱，事实上它只是明清监狱旧址上重建的几排空屋子，没有任何实物保留下来，是个空顶着名义的旅游景点。

不用问路，墨尔本旧监狱很容易找，隔着很远，已经感到了那座色调深暗的建筑透出一百多年前的阴森气息。它的外墙由黑色石块垒成，唯一的暖色是摆在门口的几只椅子和太阳伞，走出监狱展览馆的人可以在这儿短暂停留，要杯咖啡，呼吸自由的空气。

墨尔本的旧监狱现在位于墨尔本市中心，这组建筑物，后来被拆除过一部分，现在只剩了一栋监室和一片完全空旷的大院子。

1851年，墨尔本所在的维多利亚州发现了黄金，因为美国已经有一个"旧金山"，人们叫它"新金山"。黄金在呼唤。大量的淘金者从欧洲、美洲和亚洲蜂拥而至，紧随财富而来的是各种犯罪。新大陆的宝藏诱使了新移民们无法无天的本能，远离了故土以后，道德好像不能管束他们了。快速膨胀的犯罪使管理者意识到，墨尔本急切地需要一间监狱。在这座监狱建造期间，已经有四艘大船作为临时的流动监狱停泊在墨尔本海岸上。

墨尔本监狱的兴建和当地发现金矿同时，都在1851年。当时，它的设计参考了英国伦敦的模范监狱。1864年，监狱建筑群落成，居然是当年墨尔本地平线上最高大宏伟的建筑物。它准备以俯视全城的气势和森严，威慑被黄金招引来的一切图谋不轨者。

据说，墨尔本旧监狱在19世纪是世界上最先进的监狱之一。囚犯迈进牢房，不仅彻底与世隔绝，还必须遵守绝对"沉默"的规定，任何交谈都不允许。每个囚犯走出自己单身牢房都要佩戴三角形的白头套，只在眼睛位置挖了两个小洞。凡是违反了"沉默"禁忌的，都要接受刑罚，现在，二楼的几间牢房里还展示着鞭子之类的刑具。

监狱门口有一盏昏黄的灯，光亮只能照亮周围几米的范围，而黑暗的长廊两侧，一个门挨一个门，全是牢房。现在，多数牢门都开着，房间里保留着一百四十多年前的原貌。空间挤迫的单人牢房中陈列着曾经关押在这里的著名囚犯的犯罪经过、当年相关案件的新闻报道和犯罪心理分析。

每个牢门都不大，一个身高一百八十公分的男子刚好可以进去，再高大一点的人就要低头侧身了。

我试了试，牢门厚度大约八公分，门板四周布满长铁钉。门上有一个不大的递送食物和窥探囚犯动静的洞口。

这座监狱主要由两个部分组成：牢房，走廊尽头贯穿两层楼的绞刑架。

牢房中最让人惊异的，是陈列在玻璃罩里石膏面膜，它们是死亡囚犯被卸下绞刑架后马上制作的。

那天，参观监狱的人并不多。独自一个人钻进让人感到窒息的囚室，微光中，和真人同样大小的死囚面膜就在眼前，透出惨暗的白色。没有死不瞑目的囚犯，他们每一个都闭紧眼睛，都没有面带凶相。包括以食人为癖好的男人，和一个不断杀掉新任丈夫的恶妇。

有一间牢房的墙壁上详细地展示八个重犯的犯罪记录，包括他们生前的照片。一米之内，就陈列着他们气息断绝之后取得的石膏面膜。比较照片和面膜，能感到这些生命曾经的栩栩如生。甚至，那些被白色石膏定格了的人头都呈现着某种安静和纯洁，是被斩断了全部欲望念头情感之后的彻底宁静。八个白的石膏面孔，其中有两个中国人，一个罪起鸦片，一个罪起淘金。

监狱管理者之所以要给每个死刑者打造石膏面具，是因为当时照相技术还不普及，留下死者相貌，方便日后，罪犯的亲属能领认自己的家人，也是另一种验明正身。

监狱的一楼和二楼分别有三十二间牢房和三十四间牢房，都是关押重犯的单人牢房，三楼牢房略大，可以同时关押几个囚犯。

大牢房里，像交响乐队的谱台上摊开着乐谱本，展出了一些女犯人的详尽资料。一个杀人犯，她的死亡面膜相当安详地停放在牢房角落里，而墙壁上贴着一幅当年的漫画，夸张地描绘她活着的时候脸上的杀气，那张脸还生满了麻子。

墨尔本监狱从1864年启用，到停止运作的1929年。其间的六十多年里，曾经对一百三十五人处以绞刑。所有问吊致死的罪犯中，最有名的是当年的绿林大盗奈德·凯利（Ned Kelly），有人说，他是一个专门打劫银行，救济贫农的"水浒"式英雄，被处死时只有三十五岁。

绞刑架的主体在二楼，完全保持当年的样子。我通过冰凉的铁梯子，在二楼和一楼之间来回跑了几次，才弄明白了它的操作程序。让人想到电影《黑暗中的舞者》最后的一幕，绝望中杀了人的女主角被处以绞刑的悲惨画面。死囚在二楼被架上高大的绞架后，行刑开始，只要抽开他脚下踩着的厚木板，人瞬间坠落到一楼，下去的就是一具尸体了。在二楼是人，到一楼变成了鬼。

这座当年最先进的监狱，它对囚犯处以极刑的地点就在监狱全开放式长廊的顶端，这就是说，每绞死一个人，都是对三层楼上所有囚犯的一次现场直播。

和中国的"戴镣长街行"和"推出午门斩首"，众刽子手持砍刀威风林立不同，墨尔本监狱的刽子手来自囚犯中间的自愿者，监狱规定，凡执行一次绞刑，夺了别人一条性命的，能享受减去二年刑期的特殊优待。

监狱的一楼有一间特殊的牢房，它的尽头有一扇通向外面世界的门，透过锈蚀的铁栅栏，可以看到庭院里平坦艳绿的草地，不知道什么人住在这里。当年，通过这片铁栅栏望出去的人，能见到什么景致。

现在的墨尔本旧监狱展览馆有一个特别的旅游项目，可以为游客安排"夜间体验"。一份中文的旅游指引说：一周两次的夜行游戏，到墨尔本旧监狱秉烛夜游，探访上一世纪阴森恐怖的监狱生活。

丧失了行动和语言这些基本自由，被监狱的高墙铁门囚蔽，对今天的墨尔本人已经变成了消遣和游戏。

2. 艺术家的世外桃源

事先并不知道旅居澳大利亚的朋友子轩要带我看什么。她把车停在酒店门口，只是说带我去乡间兜兜风。出了城，她说，我们去一个绝对有意外惊喜的地方。

车停在半丘陵半山地间，因为天空太蓝太蓝了，周围的树木草地石头墙都变得有点超现实。这地方叫Montsalvat，在墨尔本市区东北方二十六公里，占地十五英亩。是年轻的艺术家Justus Jorgensen和他的朋友们在1934年自建的一处"世外桃源"。子轩叫它庄园。我叫它"理想国"。有人叫它Montsalvat文化艺术中心。

十几栋建筑物自然疏松地散落在一片起伏的山丘上，每一栋建筑的风格都不同，每一栋都不大而古朴。如果有人说这里是静谧，不如说它是荒疏没落和远离人世。

七十多年前，来自法国的艺术家买下了这片荒芜的山地。当时的墨尔本作为一片新大陆上的新兴城市，远没有现在的规模和喧闹，当初的艺术家们还不至于像今天的人像"城市困兽"受到水泥森林的强行挤迫。不知道是什么原动力，支持着他们走向了乡间。

他们完全靠自己动手，按照想象设计和建造了这个大家庭。现在能看到，这个艺术家庄园里，有公用的厨房、餐厅、游泳池、水塘、开阔的林地、喷泉、花坛、教堂，甚至墓地。近来几年，中国几个超大城市居民提出合作建房的概念，而早在七十年前，有人已经在墨尔本郊外实施着类似理想了。而且，这些"城市逃离者"的目的并不是要得到一个栖身之处，他们要逃离人群的喧嚣，他们要避世。

我和子轩去的那个上午，像一间草料仓库的画廊内部正在布展。每年一度的莎士比亚节即将开幕。粗糙的墙面和支撑屋顶的木梁柱下面，挂了几十幅莎士比亚的头像，没有一幅作品是写实风格，蓬乱的变形的乖张的疯狂的，各种被解构了的莎士比亚占据了四面墙壁。

这里的经营者是个上了些年纪的男人，法国艺术家的后代。据子轩说，当年的建造者们一个个离世以后，按照他们的意愿，这片建筑物交给了国家，后人只负责经营，现在它有选择地向社会开放。而林间的艺术家墓地也因为城市的扩张，渐渐变成了公众墓地。我们离开的时候，正有些黑衣人在林间安静地为亲人下葬。

树木矮墙落叶之间，没有一个人。穿过一片小花园，见到两个画家站在草地上写生。三只白鹅，羽毛白极了，它们慢悠悠地围着画家的脚和画架在转。

餐厅地中央是当年的长餐桌，厚重的实木，橱柜的玻璃门里摆放着很老款的杯盘。透过隔壁一间上了锁的小厨房窗口，能见到旧式烤箱，搪瓷的烤箱盖，墙壁上挂着木制汤勺。

游泳池里没有水，积满了不知道多少年的落叶。

现在，这里的所有房子都可以住人，但是，要经过经营者的严格审定甄别，只能租给真正的艺术家们。没有合适的人选，宁可空着也不会随意招租。按人们惯常的思维，一个"开发"在七十年前的"不动产"，总该有所升值，但是，我感觉这里照旧保持着它最初的意念：独立和主动地隔绝于外界。我们见到一对父子，正在一间小屋里制造小提琴，父子两个都扎着围裙在忙。靠大草坪的小屋里住着一个老裁缝，专门为歌剧演出制作戏服，裁缝好像临时出门了，玻璃窗都没关，房子里挂了两件镶满闪光饰物的旧式长裙。还有几间是空着的，两间安静的小教堂里，彩绘玻璃投下好看的光影在地上。

我们在小的露天咖啡馆里刚刚坐下，一只漂亮的孔雀凑过来了，它独自款款地走近，羽毛反射着阳光。它完全不怕人，来到我们的小餐台旁不肯离开，它是想吃碟子里的甜点心，一会把尖嘴搭在餐台上啄蛋糕，一会走到椅子后面去，转来转去，让我们赞赏它无可挑剔的羽毛。我是第一次和孔雀离得这么近，看着它闪烁蓝绿光芒的长尾巴不断扫过我们的毛衣和裙子。后来，它翩翩地跨着碎步跑了。远处另有几只孔雀散步，有一只跟着几只雪白的公鸡，紧追不舍地为它们开屏。

子轩在画廊买了一本英文书，它的作者曾经生活在这里，一个早已经迁居英国的八十多岁老人出版了这本回忆录，2005年，她专程从英国赶到墨尔本参加了回忆录的首发式。子轩翻了翻，说整本书都是记录这个"理想国"当年的建造过程，书中配有一些非常简朴的黑白照片。其中最吸引我的是一个年轻的女孩正赤着脚用力踩泥，那方法和我当年在中国北方插队时候所做的居然一模一样：把和好的泥灌满木制模坯，用脚踩实泥坯四角，然后到太阳下面晾晒，扣出模坯中的干透了的泥砖，就可以垒墙了。

"嬉皮士"作为美国60年代文化运动的主要角色，其中的一部分在后期组建了各种不同形式的"理想国"。而墨尔本郊区的"理想国"建造者不仅早于"嬉皮士"三十年，更重要的是，后者不是基于观念，反抗，对峙，他们只是实现着人类最淳朴的愿望，住到乡下去，依照人的本性活着。

在我们要离开的时候，两个工匠推着独轮车过来，正要修缮一片看来快塌了的旧房子。一看就知道，车上装的泥砖依旧是用原始方法制作的。

院子的大门背后的树荫下面，有两件不引人注意的机器，一个是当年的压路机，一个是载货的拖车。前一个全是铸铁的，锈得很严重。后面一个全是木制的，都没有可能再使用了。

我是坐火车离开的Montsalvat，在那个金色黄昏中，我忽然明白了，人这种动物不一定要自我困顿在城市这件巨型怪物里，人应当自然地散布在乡间，享受大地本来就有的一切。

墨尔本实在是个不大的城市，从城这头走到城那头，完全可以靠步行。而且，当地人常常流露出居于世界边缘的低调。在这里，我看到了人类的被动隔绝，和自我退避。一些人永远不能回到人群，另一些人永远不想回到人群。也许是人的天性决定了他们的选择，也许是不可控不可知，是纯粹的偶然的力量。

2007年6月　深圳

一个人的难受

2008年5月12号下午4点，突然收到妹妹发来的一条短信：四川发生8级地震。

我妹妹的短信发自深圳，她当时说的就是8级。那天，我正在北方陪妈妈。妈妈的房子是高层住宅，第29层。这么大的中国，长春市是少数没有感到震动的城市之一，安宁得很。

收到短信，马上去开电视，接下来一连三天电视多数时候都开着。家里不能上网，想知道更多，只有去住宅小区外面找网吧，要"涉险"穿过那条曾经被命名为斯大林大街的大马路，车多，车速极快，决不避让行人，也没有安装红绿灯。

到第三天，妈妈不想再看地震了。我陪她看影碟。她年龄大了，眼睛不好，不能总流眼泪。如果地震发生在没有电视的时代会怎样，脑子里掠过一丝荒诞感，好像这一切，全部噩耗都是通过电视传达过来的，我想到影片《楚门的世界》，如果忽然发现一切都是假的该多轻松，可是，地震是真的发生了。

开始的几天，早上刚醒来的几秒钟，觉得有件坏事悬着堵着，再清醒一下，才想到地震，有很多死伤和掩埋。终究是距离遥远，幻觉还是会间断出现，假如，这一切只是一个电脑程序，能一键删除就好了；假如时间能倒流，加紧赶到它发生前那一刻，能把它改正该多好。东北的初夏，天亮得早，看到屋子里进了太阳的光，想想有理由这么安逸地躺着吗？这么一想，5点多就起来了，起来也不能干什么，在29层的窗口呆呆地看东北平原的地平线，它辽远又平静如常，看起来什么事也没发生。

5月15号，到爸爸在市郊的墓园去。比起两年前，墓园里又增加了不少墓碑，一排一排密麻麻。管理人员在墓间都种了葱，据说借了葱的谐音，保佑后代人聪明。爸爸墓碑后面的一根葱壮实得很，葱杆高挺，结了很大的一包种子，鼓着。离开墓园向外走的一路上，留意那些逝去者刻在墓碑上的年龄，有二十多岁的，有七十多岁的，有丈夫或妻子一方已经入土，另一方还在世，在墓碑上预留了位置。整个墓园，没有另外的祭奠者，也没有新入土的，安静得吓人。一直等我们的出租车司机在墓园周围闲转，开车后，他不停地感慨：这地方花啊草啊，整得太好了，待在这地方可真不赖。

就在这天下午，去设在住宅小区内的捐款处捐款，本来想多捐，见两个守着捐款箱的女孩嘻嘻哈哈，毫不认真，就只投了一张钞票进去。问了，没有任何收款凭证，什么也没有。楼下小超市进口处卖福利彩票的人也弄了个纸箱写了捐款箱三个字，摆得挺高。妈妈说，什么人都摆个箱子就捐款？

妈妈看电视会难过，我们不开电视，看她还难过，就劝解她说，捐点款或许能好受些。她就开始等单位的老干部处来电话。

5月19号，有人打电话来问关于地震的诗。我还是被这个电话提醒才想到写诗的。当时我说，我没有想过写诗。这天下午2点48分，我和我妈妈并排站在二十九层的窗口，看见下面的小路边有四个人肃立不动，一个小区保安，一个小区清洁工，估计他们得到了肃立默哀的通知，另有一个年轻姑娘和一个老人，直到四处的鸣叫声终止她们才走动。更多的人照样骑车开车走路，好像地震和他们没什么关系。在电梯里，我听到一个女人说：要是在四川有亲戚我就捐款，可我在四川谁也不认识啊。

这天晚上，很大的月亮诡异地升上来，绝圆，极亮，刚升上来时候，盆似的大而发红。妈妈说，1976年辽宁海城地震那晚上就是吓人的红月亮。我也想起来了，那是我唯一一次地震经历，当时我在插队，正在县城开知青代表大会，明显感觉到房子晃，大家都跑到冬天的院子里，天上很高的明月。当时，我的身份是县里写"讲用稿"的。我对妈妈说，三十多年了，专门以写讲用稿为业的人现在还有，她好像不太相信。我说，过不了多久，就能在电视看见。这个晚上，我开始写了几个诗句子。

5月20号，我妈妈终于等到了电话，下午陪她去捐款。捐款处就设在大街上，也是一个糊了红纸的纸皮，摆在一把椅子上，有人在旁边给每个捐款人发信封，钱装进去，在信封上写清姓名钱数，老干部处组织的捐款，都是老人，互相握手热烈寒暄，有个穿制服的女干部前后招呼着，现场没有丝毫仪式感，好像也没人要求仪式感，乱哄哄的热闹。回来路上，我问：不怕路上窜出个坏人抢钱？妈妈说：都是穿警服的，没事。第二天早上，妈妈的一个老同事打来电话说：你昨天走得太早了，怎么不多待会儿，后来电视台都来拍新闻了，很多熟人都上电视了。妈妈说，就是去捐款，捐了安心，不想上电视。

5月21号，写了四首诗，最先写的是5月19号的月光，本来四首诗有同一个题目《害怕》，后来被不同的编辑们任意拆开，都变成了"地震诗"，归入在统一的批量生产的共同名称下。

最开始感到的就是空泛的笼罩着的"害怕"，虽然写了诗，也捐了款，但是，心里的难受丝毫没有消解，它再三浮起来，隐隐地横在眼前，做什么都不能把心里的那块难受一下子卸掉。

5月22号，因为第二天要离开长春，还没见小区对所收到的捐款有个公示。我要去询问，妈妈劝我不必认真，我偏要认真。社区的人说这事找居委会。找到居委会，听说问捐款公示，有点不耐烦，让我找书记。原来居委会还配有专职的书记，走到最里面的屋子，桌旁坐个女的，听说问捐款，马上抬头说都交上去了，是北方能言会道的那种妇女。问上缴到了什么部门。回答说，交到红十字会啊。随手开抽屉，拿出一张收据，说是红十字会开的，三万多。我看了，一张巴掌大的收款收据，她也不打算给你细看，很快就收回抽屉去。一个男的过来说自己是书记，听我问公示，大声对另外的房间问：公示早贴出去了吧！不是询问的口气，很确定的，稍过一会，有人拿着折叠着的一沓红纸哗哗啦啦过来说：这不是总下雨吗，没贴，贴了也得浇坏了。说着把叠着的红纸半折着揭开一下，纸上确有黑的墨迹。书记说，不会有问题的，你放心。

一个人走出居委会。心里不是怀疑社区的捐款没被上缴，但是，他们的一系列言谈举止让人感觉不舒服，十天过去了，除了能捐款，我总得做点什么，居委会的人显然不这么想，好像这是一项最日常的工作，自然会处理得有程序和得当，谁来过问，必然是惹他们不快乐。走出居委会好像刚做了一件不光彩的事。

2008年的5月31号到6月8号，去了一趟英国。其中，在西北部威尔士，临近大西洋的一座中世纪古堡里住了四天。进入6月，发生在亚洲大陆的大地震早已经过了寻找掩埋生命的阶段，虽然同行朋友的手机仍旧每天照例接受从北京发过来的短信新闻，前一段的那种急切已经舒缓。

但是，一个人静下来，又觉得那个难受还是在，它只是临时下潜在并不很深的地方，随时都会浮上来。为什么我能看到世界里什么都没发生，一切安静如常？这座古堡的前身是一家修道院，现在是一所学校，学生们都放假了。一个留校的男孩在我身边经过，黑皮肤，忽然他用不准确的汉语大声问：你好！问完，他自己非常快乐地笑。这孩子好像并不确定"你好"的含义，只是为自己对一个中国人说了一句中国话感到有趣和兴奋。可是，我好吗？我不怎么好，我心里有一个地方始终不舒服。

人们说，威尔士是英国最不富裕的地方，经济萧条，财政吃紧，这些在政府公布的相关数据上才有体现，而我只是看到这些据说不富裕的人们生活照样平静。很多草场，羊四处散步，四处卖呆儿。有人说，这么胖的哪是羊，一头头都是小肥猪啊。威尔士的海岸比起中国海南岛简直不值一提，没有好的沙滩，海水总是灰的，海岸荒凉，没有看到"面朝大海"开发房地产。除了开割草机的工人偶尔经过，很少见到人，大片的油菜花田和大麦地里没见到过一个劳动者。威尔士的土地黑又松软，很像中国东北的土壤，用东北话形容是黑得流油。我保持着早年插队的习惯，到一个新地方，总想看看它的土地和农作物。大地没有丝毫的裂缝，看来陡峭的石质山体结实地立在海边，平静安详得都麻木了。

每顿饭都在城堡内部一个宽大的房子里吃，我叫它饭堂，估计过去是修道院做弥撒的地方，极高的天花板上满是繁复的雕花。几次抬头看的时候，恍惚觉得它将要剧烈震动了，那些雕花将四分五裂地坠落下来。有一天，城堡接待了二百个来度假的小学生，排着队来吃饭，我和他们先在小路上碰见，明显感觉到来在孩子们的过度的热气。我穿薄毛衣，他们却穿短衣短裤，头上是汗珠，张开大嘴灿烂地笑。早餐时候，碰上几个胖男孩，正用劲往面包片上涂果酱，还没太大力气的小手举起桌上的大玻璃瓶倒牛奶，白的液体洒在桌上了，看我一眼，吐一下舌头。都是孩子，都单纯，都顽皮，都毛手毛脚，都常出错，都是父母所生。

遇到各种各样的英国人，并没有谁问到中国的地震。他们常说，到花园去走走。花园里的月季正开得好，不只是月季，每一种植物都在短暂的夏天抓紧生长，旺盛得像一束束爆炸物。

英国与中国有七小时时差，除此之外，土壤，植物，家禽，并没有多大区别，牛粪的臭和鸭群扑腾过的泥泞水塘一模一样。但是，在这个6月，这块土地没有来自自然的危害，也没有人提起在中国刚发生了什么。回到伦敦，在唐人街喝早茶，看到中文报纸上有小块的地震报道，窗外的中国男人们忙着送货，背后的中国女人们忙着上菜，一个留学生说了两个字：好惨。

2001年，"911事件"发生时，我正住在德国南部城市斯图加特郊区，事件发生三天后我进城，城市正下半旗，最繁华的国王街上安静得很，下降的旗帜们半飘半耷。一个年轻的小伙子坐在商店橱窗下面用一根小横笛吹《斯卡博罗集市》，能感到人们的脸色是哀伤低沉的。而2008年的6月初，在与中国相隔七小时时差的地方，我变得非常敏感，好像在挑剔这里的人们生活得过于安宁了。

伦敦周末的晚上，年轻人在夜店门口排长队等待，多数人已经喝过了酒。有女孩把整瓶啤酒摔碎在地上，空气中充满着酒气。整个伦敦的繁华街头充满了极度松弛极度娱乐到忘我的气息。另一个晚上，在一家中餐馆有宴会，同桌的英国小伙子顾不得和身边人谈话，他吃得太投入了。有人问他去过中国吗，他说没去过，但是他狂热地热爱中国菜，然后又埋头在盘子上了。我忽然想到一部波兰电影对白：人们因为食物走到一起。中餐馆的狭窄，白瓷的盘子，木质的筷子，不断地上菜，这就是伦敦人以为的全部中国？

我知道，没理由要求别人也得伤心，中国很远，很陌生，年轻一代的英国人常常连本地新闻都漠不关心，当然不会关心遥远东亚大陆。

依旧有难受在持续，它没完没了，它不知道来自什么地方，族群感受，视觉刺激，切近的距离，过往太多苦难的累积？不知道，全混在一切。我劝解自己，过去那些个年代，死于各种灾难的人实在不少啊，但是，即这么想了也作用不大。

6月13号，回到深圳家里，一下离开了两个月，这中间四川发生了地震，家里同样什么都没变，一杯一壶安详地都在。早上醒来，哪也不疼，四处看看，什么物件都守在合适的地方，纹丝没动。但是，难受在持续。

很快看到一本《汶川诗抄》，很多"地震诗"，看了这个小册子，第一反应是这是诗吗？想把我那页扯下来。网上说，四川地震后，中国出现了六万多首"地震诗"。

我们脚下的这个大地在积蓄了一定的能量以后注定要释放，这是自然的，理性说这是一次早在酝酿的爆发，树木山林江河必然都要随着大地的变化去更改，生物必然要顺应比自己更大的物主，所有的生命都会短暂地经历难受，不只是人。只是我的同类也在受难之列，在心里出现了物伤其类的悲伤，我们为自己预计外的灾难临头感到不平和难以接受。

我想，我或者要习惯和难受相处，它不可能一下子消解，只有靠自己一个人慢慢去消化。

2008年 深圳—海南岛

2012年上课记选二

一、事件

发生在2012年，被校内外共同知道的有三件事：

1. 反日游行

2. 扔鞋

3. 诺贝尔

我们的日子不能不和事件有关联，很多历史节点来自某一事件的突然启动。大的事件本身不用我去关注，而任何大事都有无数枝蔓细节，看来和事件本身关联极微小的那些部分，车轮碾过，顾不得回头去辨识有没有被轧变形的蚂蚁肢体。事件凝固成为历史，而它对于非事件中心的平凡人物的影响，不见得就比留给事件当事人的影响浅，没准儿同样至深，始终伴随。

1 游行

9月底回到学校，有学生说：全学院就五个去游行，都是我们班的，好丢人啊。

过了几天，遇到和上街学生同班的女生说：真奇怪有些人那么容易被鼓动。

听说那个星期天上街的五个是同一宿舍的。我想，不该随口给别人下结论，应该听听他们怎么说。

下面是一个参加者的讲述。

听说能上街表达爱国的感受，大家热情很高（他们宿舍现在就住着他们五个），还鼓励隔壁宿舍的，第二天一起去（结果当时答应了的，并没有真去）。他们凑钱到街上的招牌制作店做横幅，红底黄字，横幅上有七个字"钓鱼岛是我们的"，准备做六米长的一幅，店主开始要价七十。他们讲价说这是学生的爱国行动。店主听了也被鼓舞，说是爱国吗，他明天也想参加。当场减到五十，还赠送了一米红布。他们带着七米长的横幅回校。事实上，第二天的队伍很窄，七米的横幅太宽了，只好剪短一部分。前一夜，为告知更多同学参与，他们手写了宣传单，一直等到深夜十二点过，出宿舍准备在校园里张贴，可是那么晚了还有人走动，想想不好，就没有贴了。第二天一早动身出校门时，有人劝他们等上大队伍一起走，他们没等，自己走了，有老师和同学提醒他们不能有过激行为。听说后来更多的学生都是在校内安排活动。

他们来到大街上，平时上街闲逛和这天很不同，心里激动，拿出事先准备好的口号举起来。有一幅口号语拟得不太好，开始没人愿意举，恰好队伍里有空着手的人，拿过去看了，也觉得不好，没要，又还了回来。最后还是有人拿去举了，很多人笑，挺吸引人眼球的。也有人专门和这幅口号拍照合影。（他没说口号内容，我也没问。）

一路都很平静，就是喊口号和赶路。但是，他也有过担心，如果那时候队伍中有人忽然喊一声"前面那个是个日本人"，他不保证大家都会理性，说不准会有人挨打。也有过激的口号"给我一颗原子弹""杀到东京去"，他说他不同意这种过激的表达。走了很远，路上，大家也有互相提醒要理性。最后走得很累，回了学校。没有想到被有些同学取笑，也有老师表示不理解。有老师对他们说，平安回来就好，感受一下就行了。他在心里纠正说：我们不是感受，是表达。

我问他，你最想表达什么？

他说：我们中国太弱了，你看现在，别的国家都不死人，就我们国家总被人欺负，总死人。好像湄公河那边就死了人。我们的人太不齐心。不能太韬光养晦，要齐心协力。我们被人欺负了，就要反击。现在我们自己的问题太多，正好给日本插手，日本人看的就是我们心不齐这个时机。像钓鱼岛明明就是我们的，都给人家占了。

我问：如果还有类似活动，你还参加吗？

他说：不会参加了。

我说：如果是我，也许更愿意查询相关资料，找找历史来求证，而不是上街。

他说：不用求证，都很多证据了，就是我们的。

我问：你查过了？

他说：听别的学院一个老师说的，他查了，他说就是我们的岛，他支持我们。

感觉他讲的关于被欺负和心不齐的说法，是来源于那位老师。这同学平时性子温和，但那天我感到了他的执拗和坚持，急了有点脸红。我相信，他有足够的爱这个民族和土地的那份真诚。后来，转了话题，他才慢慢平静，说到准备考研，他摇头说，本来应该把状态调整到像当年高考一样紧张高效，不知道怎么搞的，找不到高考的感觉了。

这次聊天后，我能理解这五个小伙子，他们要表达他们心里的那种爱国，渴望众人间相互簇拥，需要一个尽情释放的机会，虽然嗓子喊哑了还被很多人嘲笑。如果不是听到上面这段亲口讲述，我对他们即使再理解也程度有限。他们青春年少，心里还留有激情冲动，需要一个场合表达他的情绪和确信自己也可以是个真实有力的存在。

在微博上，看到有人这么说：

@严同学：可是，除了读书，很多人没有第二种奋斗方式。

忽然多了一种方式：可以上街呐喊，这种热情的唤起毫不费力，我们的文化认知里早就潜伏有草莽英雄如《水浒》如武侠如古惑仔，有人需要众口一词中的匡正祛邪，在更多人的力量里面，看见展现和固化自己，甚至梦想着义愤填膺的英雄情结。社会常态中，一个年轻人应该有更多的展示释放青春的渠道。在2012年的9月，他们选择了上街，人和人簇拥，尽情吼几声，这能应和他们的内心需求，甚至有人挑战理性，甚至渴望刀锋舔血的快意。也许只是表达他个人的在场感。

近现代历史里，很多类似的事件。看过大约十本关于义和团的实录，来自传教士的书信回忆，来自学者的调查和分析，来自片段的县志资料，但是我没接触过拳民的讲述，没有看到过遭追剿后对拳民的审问记录，对这个悲剧的群体，我更有兴趣，却没找到更真切的实时记录。这些农民为什么那么轻易地离开祖辈居留的土地，放弃田野里的庄稼去聚集起事，除了遭遇灾年迷信和仇外情绪之外，支撑他们的内心依据还有什么？是否会像2012年砸日系车的人说：感觉活得太窝囊了。真正的弱势者，也许正是这些自以为念了咒语就刀枪不入的农民，他们的最终结局是杀头牢狱或流离逃难，虽然曾经一时兴起山呼海应。

另一个同学从另一角度描述这同一件事：

今天乘车路过明珠广场附近的时候，确实看到很多散步的人，有police的车开道，从公交车上看去，秩序还算稳定，不过有些道路却封锁了。我很怕发生在图片上的事发生在我身边。现在，我开始有点理解你当时上课时评价敏感年的那件事时用的一个词"无组织无纪律"，大概是这个意思，记不太清了，当时我很不能接受，当时觉得那件事是绝对正义的。可是这两天我觉得自己有一点懂了，哈维尔为什么那么受人敬重，因为他的革命是"丝绒"的。如果企图和魔鬼进行较量，那么前提是自己也要变成魔鬼，这好像是不对的。勒庞的《乌合之众》是对我影响最大的一本书，我相信，很多人一开始其实是抱着看热闹的心态去的，就像鲁迅笔下的"看客"，可是由于看客积蓄了太多的不满，所以一旦被煽动，就很难不参与。群体，真是一个奇怪的东西。我甚至觉得，谁掌握了这种具有煽动性的力量，谁就掌握了霸权。

昨晚我回宿舍的时候，舍友说：你没有去游行吗？我说：我为什么要去？她说：因为你那么激进，你就应该去啊……她们所说的激进就是对这个社会持怀疑眼光的人……

2 扔鞋

本来就是一个讲座。大学的周末，各种讲座多了。就我知道，当夜同时进行的就有一场以燃香配乐开场的关于泰戈尔的讲座。事前，有学生发微博说，且去看这人讲什么。有两个人表示去扔鞋，当然只是态度，不是真扔，都是女生。

晚上七点过，出生活区的南校门去买东西，少见的附近一百米内道路塞车。这个城市这个校园的机动车们，已经是公元2012了，还不懂得抑制随意按喇叭的冲动，行人喇叭急慌慌一团。夜里九点多接到一个学生急促的电话，背景喧嚷，她说刚离开现场，刚刚吓哭了。因为事关我的学生，我去看微博，恰好看到另一个我的学生在@我，她在现场：

我见证了海大学生扔出的第一只鞋子。看着校长指挥保卫人员把学生架走，听见他畏缩地说：这个人是不是海大学生我们还需要查证一下。心里一阵凉意。一个大学校长在一个五毛面前懦弱地得自己学生都不愿意承认，更别提保护了！

事实上，那个讲座的听众是有组织的，更多的学生都是事后从网上看到的消息。

平时很少人关心来讲座的，根本不想知道他是个谁，事件之后也依旧不关心。大约五次在不同场合听不同的人说到这件事，没人关注现场的其他细节，包括扔鞋学生的观点、他的表述逻辑和选择的方式。他们都说看了视频的第一感觉就是心凉。

有个女生告诉我：看了视频好心凉啊，那明显是学生嘛，穿的就是平时打篮球的衣服，校长怎么能那样，大家都不理解哦，整个那一星期，各个老师课上都提到了那个事，有隐晦的有直接的，没听到同情校长的。有人说学校这下出名了。有人说是丢人，有人说是光彩。

事情过去得很快，更多的新闻淹没旧闻，但是两个多月后还有人说起他们的心寒：一校之长不保护自己的学生。学生们虽然不一定都关注近现代史，但也大概知道一些民国校长的典故，也知道好校长爱学生这世上最质朴简单的道理。

3 诺贝尔

可以想象，被很多人膜拜顾盼快被传成神话的上世纪80年代，学文学的大学生听说国人得了诺贝尔文学奖，校园里得多欢腾。获奖者的书会被热捧，大学附近的书店可能前一夜就开始排长龙，第二天一早，人手一本的情况也不意外。

今天的90后们不会了，大家淡定得很，该干嘛还干嘛，该喜欢哪个作家还是哪个作家，吃饭睡觉，能洗上热水澡，网购自己需要的书（这所学校附近竟然没有一间人文书店），想自己的心事。在本真里保持着自己，不再人云亦云，这才是成熟和进步。

一个学生微博说：

> 本来也不是个啥了不起的事嘛，他获奖那是他的能耐，干中国毛事，不脚得（觉得）得了奖现在这狗血的创作环境阅读数量水平能有啥改观，跟奥运会在中国不一样嘛，反而一想到那些要因教材改版单列莫言专章而要多背一坨废话多死一坨脑细胞的苦×孩儿们，哪还乐得起来？

另一个学生微博说：

> 他的作品这回应该会被编进中学课本吧？会把我喜欢的《十八岁出门远行》换掉吗？

又一位学生在微博里说：

> 他的笔名很好地阐明了中国文艺界的现状，或许这是获奖理由？
> 不怀好意地猜测，瑞典皇室是不是遭遇了经济危机？
> 可能是自己读书少……没读过莫的书……而且光从外表看就不喜欢他…长得好官僚……

上面的三个说话的都是我教过的本校学生。不知细情的人可能批评他们言辞极端尖酸，但这和他们年初曾经兴冲冲地冒着逃课被点名的风险去外校听一个讲座有关，2011上课记"我们身上的暴戾"一节中有提到。

有同学告诉我：如果说我上中学时候，会觉得诺贝尔啊，那是个最高奖，是为国争光了（有学生说：那时候，被教育的我们就知道三峡大坝是一个世界伟大的成就，当时心里不知有多自豪），现在都不会了，我大四了，知道那就是个奖吧。

也有学生说：要在我年轻时候还会激动一下下，现在老了，不想那么多。

也有学生说：自己都有自己喜欢的作家啦歌手啦，不会听别人一说就去追捧一个神马奖。

当然，拥有相当比例的学生，不要说诺贝尔和他们没什么关系，文学和他们也没什么关系。不必因此就悲哀着急替文学叹气，其他的学科的学生也同样没感觉他的学业和他本身有什么情感关联。当文学不再抚慰每一个个体，文学就成了一门科目，如果这个科目还不能带给他就摆在眼前的看得见的前途，文学和他真就没一点关系，甚至还晃来晃去地碍事，耽误他的青春好时光。

时间过去，日子依旧。所有的偶发事件终究与大多数人无关，义愤也只是一下，义愤不能换取个人的未来，很快就不义愤了。从表面上看，大喇叭下的教育格外鼓励和强调集体意志，整齐划一，而喇叭底下的真实却往往相反。

地震没有震到我，我为什么捐钱，我的钱也是血汗换的，这种思维在2008年的四川地震之后有了普遍性。前面三个事件完全各自独立，但是能感觉到其中的关联：我骑着四十块钱买来的二手破单车，日系车和我无关;演讲者不是来讲考研或考公务员秘笈,和我无关;鞋该不该丢谁知道,只是那只鞋找不回来有点可惜;诺贝尔钱多,但是我分不到一毛,他得着了,算他好运。所有的想法都首先带入一个"我",这个我,可以看成是自私的,也是被动退守的,是一个人的最后最小的栖息地。热血变冷,只寻自保,无论什么庞大的强力的,只要与我无关,表面我屈服它,内心我远离它,这种屈服与远离,对社会肌体的毁坏和负面是现实存在,也是致命的。而另有人仍旧渴望着群体的凝聚和齐心协力,至于获得他最期待的这股力量去做什么怎么做,他还要很多时间去想想清楚。

三个事件,对正经过我身边的这些表面看来傻傻的年轻人来说,唯一影响至深的可能是那个销声匿迹了的扔鞋的学生,有本校大四学生写了长微博"关于丢鞋事件",匿名委托他人发出,其中讲到丢鞋的学生有这样一段担忧:

> ……他这个污点是要进档案的,他在(再)努力也不会被评优,我不怕他不能得到什么奖励,我怕从此这个学生就因此心灰意冷,从此堕落或者走向极端……

看了这学生的话,心里跟着后怕。事件对于历史进程的作用落到具体的个人这里,可能重新划定一个人的内心倾向和行为标准。众人都在校正自己,而正是足够多的众人才形成了历史节点。

怕的也许正是新浪微博上@作业本在写给他自己微博三年的那句话:

> "我怕的不是跪下,而是不愿站起来。"——2012.10.19

二、尺度

他们给我讲了一次有趣的课上场景：

一老师：这次作业要求不少于两千字。

众学生求饶：老师，老师，就八百吧八百吧。

老师：那一千五，不能再少。

众学生欢腾：成交。

这里有欢乐的成分，在沉闷无聊里穿插一点欢乐。但是，只抽出这么一段来听，实在很像菜市场和交易所。类似的场面我的课上也有过，一阵讨价还价，他们想获得多一点的自由空间，或者说他们盼老师把一切作业考试统统都免了最好。

我们擅长灵活，不过于坚持，灵活太多了以后，执意的坚持就被众多人侧目，被认为反常。

大学生村官任建宇因转发微博被劳教。关押期间，第一次见到老父亲，他哭着说的是："爸爸，这不是什么见不得人的事，我不偷不抢，最多二十年就会平反。"这个年轻人连续接受了十六年的教育，他的生命已经几乎被"学习"占去了四分之一，在无辜和恐惧下他能信守的最后底线是"不偷不抢"。据说十五个月的劳教，已经让这个正常青年"既充满希望，又惊魂未定，将信将疑"（《南方周末》2012.10.18《重庆"不正常"青年》）。

有学生看了这期报纸，调侃另一个学生说：看见没，别手贱，乱转微博，你转得爽了，爽进去了吧，最后。

最后，大家都挺正常，自我感觉正享受着自由，正常的活着最后难免不都活出了精明剔透，所谓的"难得糊涂"。可能正是我们大家一起，不断把身边偶然冒出来的正常青年看成不正常青年。大家都在自我暗示：适应现实吧，反正你抗不过它。大家都不轻易去坚持什么，谁一直坚持，必然滑向"不正常"。

不吃嗟来之食，不可不劳而获，留存在中国民间久远朴素口口相传的道理，现今都弱似烟缕，最后可能仅存下了"不偷不抢"，这或者成了我们还可以持守的最后尺度？

有人说现在的年轻人没有底线了，70后这样说80后，80后这样说90后，类推下去。如果真按学生的说法，隔两年就是又一代，我们尽可以把问题推给后来人，击鼓传花一样，骂他们在颠覆道德辱没文化。这种责任转移，可以让很多人解脱和获救。我的同代人就常自得地说：现在谁还会像我们那时候坚守理想？好像尺度的放弃都是后来人干的。

曾经有学生私下议论，某个老师开了好几门不同的课（理科），学生怀疑真有人有那么广泛的研究，"真有人那么有才。"有学生说，这算什么，有个老师开过十几门课，最后被学生给举报了。

一位理科学生说，他们的辅导员给全班学生讲自己的做人经验，有这样的现身说法：他在食堂吃饭（在本校读本科时候）遇到饭菜里有沙有虫，不声张，拿着物证，直接进去找食堂师傅，不嚷嚷，私下暗示：你看吃出这个了，怎么办吧？私了的结果总会比吵吵嚷嚷讨说法要好，一般都会免去这餐饭钱……辅导员侃侃而谈讲做人之道，下面的学生们在想什么？给我转述这事的学生说：哦，原来你是这样做人的，以后不会再信这个老师了。

凭20岁的直觉，他们最初都会拿自己理解的最朴素道理去衡量周围世界，20岁可以明了基本的对与错，但是，他和他的家庭实在深怕打击，任何的坏事上门都承受不了，长大的过程正是唯唯诺诺胆子变小，学会乖巧警觉和违背本心的过程。

有人告诉我：自己过去总是愤愤不平，现在明白了，不要去争取那些争取不到的东西。我说，你可以选择不做，但是有人去努力了，也许后面就会有改变。

他问：想改变什么呢？

我说了孙志刚。

他没再说话。

我猜他在想：人都没了，还努力什么。

相当多的大学生不是天生的犬儒，是从小到大，一次次受挫之后的自保和害怕，才开始学会了放弃。这个流程的速度日益加快，正是我们共同推进的结果。

得说说电影《闻香识女人》，连续七年都推荐这部片子给学生们，往往打动女生的多是那段探戈，有男生欣赏片尾的大段演讲，很少人关注整部片子中那个身处弱势的年轻人的选择，面对诱惑和风险，他痛苦但是没去告密，是这个年轻人的选择改变和决定那个已经厌世了的老兵的选择。好莱坞的娱乐性很对中国大学生的口味，它的价值观却好像不适合很多大学生，所以有过同学在课上发言说《闻香识女人》的人物太假，不真实。我们的孩子从幼儿园起已经被鼓励举报揭发。一个广州中学生告诉我，哪个同学进入学校的区域后说了粤语，没讲普通话，一经发现，他们全班都会被扣分，得不到流动红旗，你顺口溜出一句粤语，可能害了全班同学，大家都会孤立你，这是古人说的"连坐"吗。

一个学生信息员刚毕业，向老师咨询自己的就业去向，非常自然地说到他在校期间搜集一位老师的课上言论，说到这个他完全不避讳，没内心障碍，似乎这很正常，这四年里太过平淡无趣的吃饭睡觉上课，举报老师，也许是他做的稍显与众不同的事了。从他的角度想，他这么做，个人秋毫无损，谁谴责他，他都会自辩说我没做错什么，只是完成了老师交给的工作，没什么丢人的。这种极端的利己主义对整个社会肌体是可怕的。它在暗中鼓励人：其实没什么标准，自己没受损就是标准。

持续不断的利己主义和人格分裂，暗中潜行着的校园政治，在"你争我夺""暗地里人踩人"中长大的孩子，已经习惯了被强大到你无可理解无可抗争的现实所覆盖，学会了在一步不敢放松地跟随群体中去小心自保。你是颗螺丝钉，还得是颗暗揣心机涂满润滑油的浑身弹性又冷酷的金属钉。很多人的心正是在上学长大的过程中变硬变冷。

有位老师讲古典文学，有几次自己感动了，流了眼泪。学生们给我转述这事，他们说，老师讲着讲着自己就哭了，自己感动了，呵呵。

我问：你们呢。

我们当然没哭，心里有点好笑，不过这老师还算是认真的吧。

一个学生说：有一次我也跟着哭了。

旁边学生望着被老师带哭了的这位，有点夸张地声音变大：真的呀……

连被感动都很难了。有个学生告诉我，她曾经努力想和同学之间培养好感情，最后"发现我错了，社会这个地方容不下真心，容不下高傲，容不下保持自我，容得下的只是共同的利益，我错了"！

有人说我们从小到大，学的就是当面一套背后一套，就是心口不一，早习惯了。所以看那些香港人弄个教科书还那么认真，真是不理解，不就是个课本吗。

曾经对我说"别以为他们很单纯"的老师，时隔几年又提醒我一次，说的完全相同的话：别以为他们很单纯。暑假期间听朋友说她工作的医院里新来的80后稍好点，90后不行，太单纯了。她80后的儿子接话说：单纯都是装的，单纯啥？朋友说：已经工作了，还没有应对这世界的价值观，倒是很会处理关系，都懂得不得罪人。

我宁愿把他们想单纯了，和几年前相比，现在了解他们更多，他们不是不单纯，而是很复杂。但是我还是相信，单纯是还停留在每一个年轻人心里最后留存的美妙幻想，所以他们才总迷茫，迷茫比坚信要有救，连迷茫都没有，就只剩下乌七八糟的荒诞世界了。

一位学生课外受聘幼儿教育机构，也开始自己设计课程，发现认真做下来很耗神也很锻炼人，这时候他再回到学校听课，已经开始会用专业的眼光去判断：这老师的课是不是炒冷饭，是不是用心准备过，是不是真想告诉学生一点东西。有一天，转发别人微博时候，他写了四个字的评论："上良心课"。字数真少，意思可一点不轻，是加进了他自己体会的。他正在发现着他认为地做个好老师的标准。

我在说"尺度"，而不是"底线"，因为现实要求人太多的微调和改变，底线是一条不变的界限，而能被我们容忍的刻度实在是很多，但是有一条最确定的刻度，就是0刻度，尺子最尽头那条黑色长线。现在，这条线代表的就是"自己"，在这个刻度以外的任何一个刻度都可能不安全，无法自保。

不久前和其他老师聊天，出现这样的差异，他们说今年教到某个班简直太沉闷了。我说不会吧，去年我也教过这个班，印象里他们很活跃，大家爱表达看法，而且很有自己的判断。往往，从大二到大三，每个人都有改变。也有这样的学生，他心里不缺看法，很想表达自己的观点，又担心被同学说三说四，顾忌自己是不是太显示自己是不是想讨好老师等等，顾忌多了，干脆之选择就坐在那儿傻听不说最安全。各种各样的原因会使同一个学生做出不同的选择。

现在，我最不相信我们这个族群的特征是集体性，是的，鼓掌时候人人都在拍手，掌声雷鸣，拍手不等于认同被鼓掌的内容，每一个拍手者都可能是没安全感的胆怯的个体。

在中国受教育的过程，是表面的集体主义，实质的个人主义，是把一个孩子向这两个方向去挤压推远的过程，所以，喜欢写诗的学生叶长文说：这么学下去，不就学成两个人了（被分裂了）？

2012年底，接近112万人参加公务员考试，表面看来像是体制的拥趸，他们用心拼力地加入，不见得使其得以加固，运行顺畅政通人和，可能恰恰相反，因为很明显，每一个想挤进去的都是图的个人获得保障，寻求安全感，这对庞大的公务员体系怕不是什么好消息。

如果所有的尺度，都以个人利害为标准，维持亲善，信守，道义的目的都是在表面的集体下面那个掩护得很好的自己，最后的终结就是我们自己松手放弃希望。他们还年轻，涉世不深，东方的小动物们更多时候是在洞察窥视鉴别区分着，时刻调整着自己，深一脚浅一脚，万一某一步"蹚大了"，赶紧补救。从小到大，背下来的概念很多，能被他自觉信守的却没有。他们就这样长大，压抑和分裂得久了，无名的憋闷在蓄势。所以他们说老师你不要总说理性了，你上QQ群上看看，骂人的不理性的多了，匿了名的群里就是绞肉机。

这样下去，最后的中国人会不会只剩下最后一个尺度的"好死不如赖活着"。

特殊岁月里的童话和证言

　　遇到年轻人问那个年代究竟是什么样，常感觉实在缺少细节而空洞苍白。上世纪六七十年代好像被沉在表面凝固的记忆下面，那个因为恐惧而只说假话，因为假话太多而无法还原真相的时代，每一个亲历者的参与使它渐渐恍惚，自我扭曲，真实的留存不太常见。偶然发现了年初出版的《小艾，爸爸特别特别地想你!》，是已经去世的漫画家丁午在1969—1972年下放干校期间寄给自己小女儿小艾的配有插画的六十一封家信。这本可爱的图画书信集完好地保留了那个特殊年代的很多珍贵细节，它能传奇般地从作者的遗物中搜寻出来，得以在今天成书，又以特殊年代里特有的记录方式和生动的漫画让历史再现，都它成为一本"奇书"。

它让小女儿看到了什么

　　《小艾，爸爸特别特别地想你!》的珍贵，首先得益于1969年时候，下放干部丁午的倾诉者女儿小艾只是个8岁的孩子。这本可爱的有字有画的书信集让我们看到，是人类本性中对单纯和乐观的热爱，在保护孩子的同时，更护佑着作者的艰难岁月。

　　拿到《小艾，爸爸特别特别地想你!》，先从头到尾翻看图画，然后再从文字中找寻那个年代特有的细节：

1. 全能劳动者

持续三年多的信件中，这位爸爸在河南的干校里做过几乎所有农活，相信在下放之前，一个生活在北京的漫画家对这些劳动都曾经是陌生的：割麦，架桥，种西红柿，耕地，赶车，养猪，做土坯，杀鹅杀猪杀牛，插秧，砌猪圈，收玉米，扛粮食（170多斤），做饭，修路，做火炉子，挖鱼塘，挖塘泥，种树，做砖，做门窗，盖房子。

2. 大自然里的食物索取者

三年里，三次写到新年能够吃一次饺子，每次都有郑重的记录。吃，是这些信件中的重要部分，可见当时干校生活的食物匮乏，下面这些"美食"都来自于劳动开会之余在大自然里的意外获得：野鸡蛋，蛇，蛇蛋，兔子，鱼，田螺，青蛙，麻雀。

3. 伤病

三年中被记录下来的伤病：疟疾一次，捉猪被撞伤头手肩膀，伤手一次，腿一次，腿二次，左手和右手同时伤一次，眼睛一次，另又伤手三次，高烧七天，传染病一次。

其中最有趣的是两手都受了伤，用漫画画出自己的狼狈和想象中的女儿帮忙洗脸的欣喜。另一次，受伤后包扎手的布条来自女儿在幼儿园用过的床单，父亲举起伤手时，赫然看见包手的布条上竟然出现了女儿的名字"艾"，意外的惊喜让这位伤了手的父亲得到特有的安慰。

4. 符号

无论漫画还是文字，每一封信中的父亲都在对小女儿强调自己很快乐，漫画中的父亲几乎全是笑着的，除去很少几处宰杀追赶家畜时。在生病或想念女儿的时候，眼睛里留出眼泪，嘴角仍然笑着。我把它想象成对自己也对孩子的必须保持乐观的暗示，可以抽象为父亲的人生态度。

漫画中随处可见那个特殊年代的痕迹：衣服上的补丁摞补丁和没有了脚后跟的毛袜子。画家几次夸张地把自己画成肌肉发达格外健壮的"超人"模样，用铡刀斩苏修的鼻子，想象父女挎枪参军参战，表演"无限风光在险峰""夺过鞭子揍敌人",念快板,唱"东方红",面对一千多人高唱劳动号子,特别是用整整八个页码详细讲述出演样板戏《智取威虎山》主角杨子荣的经过,这位父亲说自己"爱表演",有时候到河边洗衣服,一个人唱好久,并想象和女儿同时表演。

所有这些时代符号性的细节在时刻提示我们,在那个年代人们一刻都离不开符号,它出于自保的需要,也在日积月累中逐渐渗透进了每个人的细胞。

5. 叮嘱

信中多次出现这样的提醒:要勇敢,不要害怕。要帮助别人。要坚强,要学游泳。

游泳在这些书信中成了一种握有可控的安全感的象征。所以,当父亲听说女儿能游320米时,忽然弓着身子腾起来,鸟一样要飞的那种快乐。

一定是出于对安全感的渴望或担忧,信中留下了在今天看来对一个8岁孩子的突兀的嘱托:"要学习毛主席著作"、要"做五好战士"、要"写讲用稿"。

一个时代是在这些看来琐碎的细节中复活起来。

信中可能隐藏着什么

以我们对已过去时代的了解,这位被下放干校的父亲在给孩子的信中明显存在着被有意隐去的部分,这些必须隐去的,除了真实的心情之外,一定还有非常具体的事件,这一话题移转到了今天,只能笼统地推测,很难找到真切的细节了。

1．干校里的日常环境

首先是疲倦和累。信中说到，早上四点多起床劳动直到天黑才能休息，可见劳动的高强度，有时候还有宣传任务："元旦这一天，爸爸和好多叔叔阿姨到公社去宣传毛主席最新指示，爸爸还念快板，一天走了二十多里地。"

信中多次提到开会"开到很晚"，"开会"二字，粗看不带任何情感色彩，在当年一定链接着无数的内心波动和让人心惊肉跳的后果。开会，同时可以写成：批判、批斗、揭发、检举、清算、定罪等等，在信中，这位父亲没用一幅画一个字描述过，只用"开会"两字略过。有一封信中忽然夹有这样一句："你告诉婆婆，爸爸现在白天都劳动，晚上才搞运动。"

在看这本书的同时，我也在看另一本书《徐铸成自述：运动档案汇编》，其中和《小艾，爸爸特别特别想你》时间上重合的1969年中有24篇"恳切"的"思想汇报"，也有写在1970、1971年的分别题为《交代我污蔑无产阶级司令部的罪行》《交代我在旧文汇报为草木篇翻案的滔天罪行》的两篇文字，可以佐证当年的"开会"和运动的真正气氛。

和人谈起这本书的时候听说，漫画家丁午的父亲是国民党，母亲是日本人，可以想见，这样的"出身"在风声鹤唳的当年中，时刻都不敢有轻松和快乐。

2．真实内心里的脆弱和恐惧

现在的年轻人常爱说看不见未来和活在当下，在《小艾，爸爸特别特别想你》写作的年代，没人有能力想象未来，所以真正能把握的只有当下，你拥有你这个肉体的全部感受，累，饿，怯懦，恐惧，你最充分地感受着这些的同时，还很知道你完全无力掌控明天，明天已经从感知中消失，如果你非要想象它，只有忧虑和害怕。书中有一封写在1970年

8月30日的信，在左下角有三行补充："爸爸给你写的信都收好，不要给别人看。"只要是真的，就必然是怕人知道的，这是那个年代的基本思维方式。

偶然从这本书的责任编辑那里得知，写这些书信时的丁午先生正是内心很痛苦的时候，出身和家庭变故都在折磨他，所以，他才急切地需要写这些信，在最无助的时候，自己不谙世事的孩子才是最安全可靠的支撑和救星。

3. 屏蔽掉的世界

很显然，这是一本快乐有趣的书，一个8岁孩子认知力以外的世界在这本书里是不存在的，万物依照自己的规律运行，鸟在生蛋，树叶在落，雪默默地下，这世界的美好一点没少。一位父亲用一整本可爱的有字有画的信努力地屏蔽掉了不想孩子看到的全部的现实的恶和谎言，它都被藏在大人的世界里，《小艾，爸爸特别特别想你》让我们发现了什么年代都会有美好的童话，而它的珍稀在于它是一本真实的童话。

一本书的价值

曾经有朋友在整理70年代的日记后感叹：虽然每个字都是自己写的，现在却看不懂了。记日记，曾经是最令人担忧最危险的行为之一，它会把自己轻而易举轻置身于不安全之中。我的这位朋友当年在日记中设置了很多的"埋伏"和"暗语"，只有他自己能解读，时隔四十年，再翻出来看，能回忆起来的几乎只剩了：男的他，一律都写成女的她，其他的暗自埋伏都忘了，拿着一本表面亢奋抒情又暗号密布的老日记本，写作者自己已经不解其意了。

也曾经有大学生在课上发言中不解，为什么那个年代孩子会揭发检举自己的父辈，难道亲情也不存在了？

《小艾，爸爸特别特别想你》恰恰是在风声鹤唳噤若寒蝉中被保留的真实又充满温情的记录。

去百度搜索查丁午，首先介绍他儿童漫画家，然后是日本漫画"机器猫"和"樱桃小丸子"的引进者，没有找到他本人的更多身世，现在他呈现给人们的这本可爱的书中有这样一幅漫画：夜深了，因按时拉闸停电，父亲在床上一根根划亮了火柴看女儿的照片，火柴的光亮被画家夸张成了很大的一团，而画家自己正两只眼珠跳出来，一边笑着一边流眼泪。在特殊年代里的这位爸爸恨不能把生命中所有盎然有趣的瞬间都画给孩子，以此传达那种因不能亲近而无限放大的爱，传达着超越困难岁月的温情的力量：越悲惨却反而也越温馨。尽管不同的时代各有不同冷峻，温情总一定不能缺少的。就像《小艾，爸爸特别特别想你》，它是经过刻意的强调和隐去，成为了早于意大利人罗贝尔托·贝尼尼自编自导自演的电影《美丽人生》的中国漫画版的《美丽人生》，意大利人罗贝尔托·贝尼尼自编自导自演的那部戏中的越悲惨就越温馨。

因为经历过1969年同父母下放农村，很多的回忆能使我把那个年代里，极力想告知给孩子和极力想对孩子隐掉的部分自然地勾连起来，也相信会更多的读者从中搜寻到相对完整客观的历史真实。同时，我想到我经历过两个人伦亲情被严重毁坏的时代，一个是上世纪六七十年代，另一个是现在。人们只能偶尔在回忆文章中见到那个儿女揭发父母，父母只顾自保和革命，这也正是《小艾，爸爸特别特别想你》的大背景，也是这本书尤其值得留存的价值，是我们人类关于爱的一份证词。而今天抛家舍子远离家乡外出打工的群体，人数远大于当年被下放干校的人员，新一代离家者面对留守乡村的后代，努力做到的大多只是寄钱回乡，满足孩子们最基本的衣食和求学，作为父辈，在精神上几乎断绝了对下一代的关照和抚慰，很少人去关注这样的两代人之间也是需要互相理解认可感知和更细腻的亲情的。所以，希望这本书能被更多的人看到和喜欢。

2013年4月8日　深圳

《1966年》的背景故事

1. 天津路小学

这张照片应该拍在上世纪40年代。1962年我在这里读书时，它就是图中样子，它叫天津路小学，当时分一校、二校。十几年前再去，不见平房，大操场里起新楼，完全认不出了。

曾经在纸上复原它的样子。整个布局像个"井"字，环环相套的院落，每个教室都看得见院子，院里多杂草和树，高大结果的是核桃树。临街的二楼是一校，而这张照片里看到的都是二校。当时的一校比二校优越，孩子们都说一校的地板新涂的红油漆，而二校的木地板年久失修都破旧了。要上学前的一个傍晚，妈妈带我去见一校校长，校门左右各一排松树，女校长站在树下，她有点残疾，个子不高，干脆又严厉。妈妈问能不能进一校，校长说市直机关子女进二校，省直的才能进一校，这话一直被我记住，是最早懂得了的等级差异。我在二校读到四年级，"文革"开始。

班主任姓侯，女的，两条大辫子，穿布拉吉，丈夫是军人。每个学期刚开学，总有几个或十几个学生因为交不上五块钱学费，被叫到讲桌前，歪歪斜斜站成一排示众。当时同学间的顺口溜说：哎呀我的天，破鞋露脚尖，老师跟我要学费，我说等两天。

同学中有一部分来自附近几条街，嘲笑家境不好的学生是常事：没有白衬衫，就没资格参加十一游行。运动会要带午饭，吃不起细粮（白米饭或白面馒头），带高粱米咸菜的常躲到边上偷偷吃。买不起瓶装墨水的，用像蓝药片的"钢笔水片"加水，冲成淡墨水，淡到老师看不清他的作业。有个女生的爸爸是建筑工，给女儿做了个有槽拉盖的木头文具盒，被嘲笑成棺材盒，大家都喜欢印花的铁文具盒，而塑料盒最高级。1966年春天，学校里出现个"名人"，高我两年级的一个女生，家里贫困，穿不起女生衣服，平时剪短发穿男装，大家热衷议论她进男厕所还是女厕所。

天津路二校学生看不起和我们操场相连的青岛路小学学生，那个学校平民孩子为主。

洗澡是件每年春天秋天的大事，浴池很少，要排队大半天才能洗到"盆汤"。有几次，学校的三个校门都被值日学生把守，检查每个同学头上有没有虱子，耳朵脖子有没有洗过，早上只擦一把脸，脖子是黑的学生不少见。学校发过驱蛔虫药"宝塔糖"，当时很多孩子肚子里都有寄生虫。

有老师打学生，也有老师学生对打，家长打孩子更多。有个男生被他爸爸吊在暖气管上打。同学们编各种顺口溜，有一回我也在家自言自语"班主席，大肚皮"，招来爸爸严词喝止。后来，一个很冷的早上，他骑自行车带着我，再三叮嘱吓唬，我忽然明白，他把班主席误听成了另一个词，才那么如临大敌。

上课时候常溜号，端详夹在"好好学习"和"天天向上"中间的领袖像，有时候看风吹学校礼堂那个尖顶上面的小铁旗，它常迎着风转，铁旗有镂空的数字，可惜，我忘记镂的是19××年了，有时候小旗上也停鸟。

礼堂在学校最南侧，现在看老照片才知道它曾经是座教堂。开学典礼或动员大会，学生会排队进礼堂，整整齐齐坐在木地板上听校长训话。校长姓荀。校长室狭长不明亮，有时候敞开着门，能看见校长坐在最深处。"文革"开始，高年级批斗校长，都骂他"狗校长"。

虽然，教室门都还保留着日式拉门，当时没觉得它是日本建筑。后来，查找资料才知道这所小学始建在1908年，先叫满铁长春小学校，后来叫过长春公学堂、室町小学校、大和通小学校。1949年先改名头道沟中心校，后叫天津路小学，分一校和二校。学校和我家只隔一个木材场。木材厂前身是个堆垃圾的大土坑，挖煤核的人挖到过人骨头和军大衣布片。

直到2013年，我才发现我读书的这个小学竟然就是我外祖父在上世纪30年代从沈阳的师范学校毕业来到长春教书的第一间学校。他在我出生的那一年病逝，"文革"中，有他的学生证明他是个爱国老师，后来围城时做过地下工作。

现在，无论我和外祖父都不再能见到照片上的这所学校了。

2. 消失的教堂

不记得是1966年底或1967年初离开童年的家，搬到这个离斯大林大街（现人民大街）很近的胡同：四平路北胡同。这里离火车站更近，夏天的很多晚上都去火车站广场看各工厂和中学宣传队演出，解放牌卡车搭成临时舞台，接高音喇叭和照明灯，又蹦又跳，热闹极了。这些人就是现在广场大妈的主力吧。

新家没那么宽敞，几家人合住。从贴大字报抄家开始，住大房子的都有担惊受怕，随时可能有邻居或不认识的人要求搬进来住，理由是为什么你们家房子多，我们家人多住不下？后来妈妈说这是当时我们急急搬家的原因。只要声高气壮敲门，谁住进来都不奇怪，当然，不是人人有资格声高气壮。

新家北侧是铁路职工宿舍,一溜红瓦平房,听说过去是满铁下层工人宿舍。隔一条很窄的胡同,南边这侧是带院子的宅子,新家的门楼起得高,要上几个台阶,有雨搭,门左右各一根麻石圆柱,显然当年住的也不是普通日本人。

我们不喜欢新家,连厕所里都住着一户人家,只能绕过胡同经过一座高楼去公厕。高楼就是照片中这座老教堂,当时不认识教堂,只是觉得它好看。教堂有好几层,尖顶挺拔,正门朝大街,有十几级半弧形的露天台阶。1967年,每天都经过它,有时候见到逐级向上的台阶上坐满了人,像现在的阶梯教室,是街道上召集住在那里面的人家开会,当时常开会,一家派一个代表。

走进去才知道它是个多破烂的大杂楼,走廊和房间都是后来用胶合板隔出来的,不隔音。里面不知道住了多少户,走廊漆黑没灯,堆满杂物,咸菜缸、鸡架、煤、火炉、煤油炉、垃圾桶。从外面看,它的每个窗口都探出一节烟筒,每天都冒烟,因为一日三餐要烧煤炉做饭,教堂里面没管道煤气。

1969年春天接到通知,按居住片区上中学,从1966年的小学四年级直接升中学了。当时不叫几年级几班,军事化管理,叫几连几排。升中学认识很多新同学,"小不点"家就住教堂里,它朝西有不大的圆窗,早没玻璃了,正好容一个少年蜷着坐进去,两腿在窗口外吊着。我们几个同学就是在"小不点"家做了一顿鸡饲料蒸的"忆苦饭",到教堂门外半弧形台阶上吃的,烫,没太蒸熟。不难吃不能叫"忆苦饭"。

教堂东侧临街是一堵高墙,当时整面墙画着鲜艳的"大海航行靠舵手",红光四射,海浪很蓝,使劲翻卷。大约在1967年有几个月,每天早上恍恍惚惚地起来出门,邻居们排队,对着大墙早请示,再跳一段忠字舞，舞蹈是藏族风格。跳过了，才回家洗脸吃早饭。天黑前去晚汇报，也要跳舞。

只读了几个月中学，班上有个微微胖的圆脸女孩，个子不高，听说也住老教堂。人长得粉白，说话怯怯的，从来不出操。1969年夏秋，学校开始挖地道，她不参加，不做体力活，常一个人静静地坐在教室前排。听说有病，有医生开的病假条，还听说她的病是被吓出来的，又后来，传说她是日本遗孤的孩子，同学们都疏远她。

1978年春天，我上大学以后，才开始听说中小学同学中冒出好几个妈妈是日本人的，过去这种事绝不敢对外人说，小鬼子的后代，那还了得。1945年秋天，日本战败撤离，抛下很多女人孩子，外祖母常说日本婆子孩子可怜，给口饭吃就跟你走。类似故事小时候常听说。家里曾经有过一个满地蓝花的胖瓷坛，当年，外祖父在市电影发行公司（当时叫满铁新京图书馆）门口帮过一个日本女人，她很感激，也担心携带不便，把怀里抱的坛子和一幅卷轴画送给这位能讲日语的中国教师，物件经不起岁月，现在都不在了。妈妈说日本女人还特别说，这画是很有名的日本画师的作品，我还有点印象，是幅花鸟画。

在紧靠老教堂的新家没住多久，1969年底，我们全家下放农村。后来，即使回城也很少去那一带。等再想到专门去看，样子全变了。我问过，人人都不记得那个路口有过什么教堂。直到今年，准备写小说，上网搜了好几天老照片，意外见到了它。天啊，它曾经崭新挺拔，完全不是1967年时的样子，摄影师当时是站在老火车站的角度向南拍照，可以断定就是它。

资料上说，1916年这座教堂开始设计，建成在1922年，当时叫日本基督教会长春会堂，1979年被拆除。

3. 童年的房子

这张照片拍在2013年9月，好破旧的房子哦。

上世纪90年代起，几次专门跑去给它拍照片，总担心下一次去它会消失，所幸现在它还在。可惜，我手里没有留当年它的照片。上世纪60年代，城乡间人们流动少，这座城市的样子和40年代比起来，变化不大。很多建筑都还整齐，很少乱搭建。

我的童年记忆多在这栋房子周围，直到搬家。听妈妈说1966年"文革"一起，就有人扬言要搬进来，我们赶紧找到新住处，搬走了。

房子是日本人留下的，曾经三面有院子，围着木栅栏。北侧院子有过一棵总不长高的松树。西侧院子里有丁香、茉莉、荷包牡丹、李树、榆树梅、洋姜、芍药、葡萄、大丽花、剑兰、樱桃，这么多在一个院子里，一簇一簇挤着，不同季节开不同的花。秋天来了，很多花都要挖出根茎收到室内，盘好葡萄藤和根，用土埋起来，防止北方的严寒。冬天刚下过雪，在院子里撒小米想扣麻雀，从来没扣到过。夏天有一个小缸，盛满水晒着，傍晚时候水温热，可以洗澡。我们学习小组常在厨房里做作业，在院子里排练舞蹈"社员都是向阳花"。很多慵懒的夏天，蚊虫围着路灯，胡同里跑着孩子，大人拉着长声儿喊"回家睡觉了"。

60年代初，要饭的多起来，有的言语强横。有个傍晚，有人敲厨房门，是个女人抱着裹棉被的孩子，斯斯文文地要吃的。她走以后，妈妈说过好几次，说怎么看都不像一般要饭的，说不定家里遇上什么难事，而且是本地口音，不是山东来的。

老房子坚固，但是木栅栏当时旧了，有些歪了，该维修的，但是它是公产房，没人来维修。它有个独自的小锅炉，也因为是公产，锅炉要由单位雇用专人来烧，每年到采暖季都来锅炉工。那时候很多人家里的床和饭桌都漆有单位名称，都是公产。

房子的地下室里很多管道，听说各个屋子的地下像地道一样都相连，我下去过，但是不敢往深处走。我们搬走后不久，有人说从地下室搜出了日本军刀，不知道真假。那时候每天冒出很多传说，一阵说塑料鞋底有反动标语，一阵说小说《欧阳海之歌》封面暗藏多处反动口号图案，都是忽然风行几天，再出现了新传说，没有人去证实。

从照片上看，现在它还保留着外楼梯，这是老样子。当时，楼上住了三户人家，一户在"文革"中遭半夜抄家，正对着我睡觉的那间屋子，噗噗咚咚响得吓人，好像他们家人就要掉下来了。第二户是我上学以后搬进来，女主人没有工作，去街道领纸盒，在家里糊，是装针剂的扁纸盒。靠近楼梯口住一母一子，老太太手背上有刺青，浅浅的五个花瓣形，问她那是怎么了，她不说。老太太的儿子成年了，但是单身，有段时间一大早就来我家，等着取我弟弟的尿，说治病用。

二楼上在1967年夏天的夜里架过机关枪。"文革""武斗"时候很不安宁，因为附近有几所中学，一所军校也不远，不知道他们谁打谁，经常放冷枪，架机关枪那个晚上是大战。爸爸妈妈都去学习班集中，相当于进了"牛棚"。临离家前，把靠窗的墙上钉了钉子，天一黑要挂上两床棉被挡子弹。孩子完全不懂得大人的焦虑困惑，院子里花照开，葡萄照样结果子。夜里钻到床下，睡地板，怕流弹，早上一起来就到院子里捡子弹壳。而我妹妹不怕别的枪声，只怕机关枪，机关枪一响，她准哭。

"文革"开始没多久，我们搬家，这栋房子不知住进几户人家。70年代末去过一次，院子还在，树和花都砍光，盖了房子。90年代再去，临街扩宽了门，出现个饺子馆。赶紧进去吃饺子，还用了洗手间，完全认不出当年的样子。很想去其他房间，饺子馆老板说不行，住着另外的人家呢。几年前再去，饺子馆没了，大致是现在照片上的样子了。

4. 故乡

我是没故乡的，有时候看别人热热闹闹说故乡写故乡，往自己前面的那些年想，只有空空荡荡，我的来路和反身而去的理由都断了。

我出生在一个北方城市，因为"文革"十年，没有读过完整的小学和中学，期间先后两次下乡加起来有七年，一次在14岁是全家下放农村，另一次是自己插队农村。直到1978年春天回城上大学，当时更多时间呆在宿舍图书馆和教室，毕业分配在同一个城市电影厂，工作三年，就来了广东。算一下，在广东马上将住满三十年整，而在那座北方城市断断续续大约只生活了十五年，还是不连贯的支离破碎的。

显然，我不是广东人，但是又有哪儿让我拿它当作故乡？

也许只能把那个时段叫童年，它恍恍惚惚留下来的只有片段的气味、声响、色彩，而这些琐细的碎片也在我离开后的近三十年里全部消失干净。

旧印象里，每个城市都有它自己本来的味道，尘土味，玉兰花味，卤煮火烧味，现在，更多的都是汽车尾气味了。春天去郑州，一个卖某种花茶的流动小卡车上，电喇叭里播放的叫卖录音，和每天我在深圳菜市场门口一推车播放的是同一个人声。

努力回想童年的气味，是混合的死气沉沉。偶尔有某种诱人的味道激灵灵跳出来。

比如，市食品厂的饼干味，它一奔几千米，弥漫周围好几条街道，深深的甜腻。大约是1968年，小学生也主动相应号召学工学农，地方由自己找。在郊区帮农民抓了一天虫子后，我们决定去学工，先想到所有和食品有关的工厂。一大早，几个人结伴往城北走，沿途都是从来没到过的地方，蛋禽厂，食品厂，一路问过去，都拒绝，说不要学工的学生。看门人很警惕，早预料到学生们都是循着味儿来的。我们在街上游荡，隔着墙，闻了半天奶油味和糖味，扫兴回家。

更多时候，城市的空气中是雪味、煤味、烧过的煤渣味、烟囱灰味。抱着大玻璃瓶去买酱油，瓶子墨绿色，体量大，脖颈长，俗话叫"棒子"。打酱油的供销社售货员使用提漏。提漏有几种，一斤的、半斤的，好像还有更小的，提漏是计量器，打酒打油都得用。

仔细想，也想不到任何炒菜的香味，家里弥漫的和街上飘过的都没有菜香。是我对美食兴趣不够，还是当时人几乎吃不到美味？

有一种特殊的气味叫解放军味。舅舅正读军校，周末偶尔带他的大学同学来，家里忽然出现很多大个子，全是男生，一进门带进满屋寒气，都脱了军大衣放在钢丝床上，大衣里面是有卷的白羊毛。我喜欢过去闻大衣，被妈妈叫住说，不要闻那些汗味。我心里想什么汗味，这是解放军味。当时很喜欢画画，总被舅舅的一个同学鼓励，他也爱画画，送我两本书，一本是《怎样画素描》，后来弄丢了；另一本《艺用人体结构解剖》保留到现在，人民美术出版社1959年版，印数七千，精装本售价一块三毛二，作者美国人佐治·伯里曼。这本书上世纪80年代有再版。我的这本，扉页上签有这位军校学生的名字"韩德林"，不知道现在他在哪儿。舅舅后来分配到广西部队，曾经去柬埔寨或越南作战，回来探亲穿的不是平常见的绿军服，是颜色发灰的绿，上下崭新的一身，看上去有点怪。他们这届学生1962年入军校，似乎学制五年，本来该1967年夏天毕业，却滞留学校参加"文革"。有一天舅舅回来说，前一个晚上突然得到命令，紧急集合去另一所军校增援，满满一卡车学生，他没上车。结果很快听说出事了，车速太快，车翻了，结果有死有伤。

那时候，我只是个小学生，已经发现这些一身解放军味的人渐渐不大热衷学校的事，他们总说中学生敢干，让他们去冲吧。

从味道说到颜色，首先是无边际的灰暗中，一个红纸糊的木棍扎成的五星灯笼，上面写着光荣军属，除夕夜里用蜡烛把它点亮，胡同里有了一点颜色。家里有人当兵，每到过年前，街道都送一个灯笼，包括读军校的，"文革"以后好像不送了。

现在去日本旅行，会发现很多建筑颜色灰暗，他们的房子多不追求艳丽白亮。童年，家住上世纪30年代日本居民社区，记忆里的房子都是灰暗色调，灰瓦灰房，没有涂漆的木栅栏。

正因为满眼灰暗，对颜色格外敏感和迷恋。

学校里，五一和十一参加全市的游行集会，女生负责事先做好纸花束。微微倾斜的，有个固定墨水瓶圆槽的课桌上，放了成摞的彩色皱纹纸，剪开成小块，用筷子抽紧卷花，粘在柳枝上，红花最多。游行时候，两手举花，不断跟着喊口号。游行一散，街上到处是踩脏了的彩色纸片。

特殊的日子，临街的楼房也粉刷了，有一次是迎接朝鲜外宾和专程来陪同的周恩来。涂料质地低劣，外国客人走了没几天，墙皮脱落变色，很快贴满了大字报。"文革"开始了，满街的红。

因为画画，很喜欢颜色。去插队时候，偶尔从乡下回城，看见一块桌布，桌上瓶里插一束百合，忽然很感动，看见窗帘也感动，乡下只有土，没窗帘。窗台上摆一排扎着口的玻璃罐头瓶，是妈妈养的红茶菌，不知道是什么神奇的东西。现在常调侃人说打鸡血，我见过爸爸提一只公鸡走出门，鸡还挣扎，不知道是不是去医院了。距离最近的医院是长江路卫生所，日本占领时期，这条街叫吉野町，曾是远东最热闹的街市。医院走廊铺满红油漆地板，有候诊的白漆木椅。长江路上偏东一条细巷子，上世纪60年代初，巷子里挤满小货摊和挑货郎担子的，有挖耳勺，有扎头发的绸带，也叫头绫子，什么颜色都有，绸缎的，看得眼花。"文革"开始后小巷子就空了。现在整条长江路萧条得很。

北方，春天发芽时候，榆树绿得鲜嫩，榆树是好树，叶子和皮都能吃，当然榆树钱最好吃。曾经有两年，满街的榆树都被扒光皮，光溜溜的都是榆树的白裸体。我见过榆树被放倒，人骑在树干上，用撬杠撬树皮，听说可以煮来吃。

下雪了，白雪很快会变脏，和遍地的烟囱和煤堆和烧过的煤渣堆，连成灰暗的一片，变成这城市冬天的主色调。人们很少穿鲜艳的衣服。看看老照片就知道，满城灰灰蒙蒙的一片。到80年代有了电视，看外国人踢球，发现汽水能随便喝，还发现看台上的外国人穿得花花绿绿的扎眼。

我们那座城市曾经发生过什么，现在的人很难还原了。我上学前，家门前不远是片空地，人们往那儿倒垃圾倒煤渣，有人拿铁丝拧成简易钩子去刨煤核，结果发现过烂掉的军大衣、人骨头。我得到一枚徽章，擦一下，亮晶晶的有个头像，回家给妈妈看，她说这是列宁啊。不知道那地方埋过日本军人还是中国军人，或者更多的是老百姓。这徽章也许证明，还有埋过苏联军人。

最后说说声响。回想里最多的是踩在脚下的雪声和傍晚街角的自行车铃声。偶尔伴有日式拉门在木框里滑过的低声，因为住的是日本人遗留的房子，有几年，我是睡在拉门里的。天刚亮，有卖豆腐的声音，流动的推车，只喊两个字"豆腐"，"腐"字发音像"佛"字。说到冬天买豆腐，会舌头尖不舒服，天冷，舌头不小心舔在盛豆腐的铝盆边沿，瞬间冻在一起。

还有在结冰的路面走，小碎步，忽然扑通摔倒的声音。

"文革"一开始的大喇叭，高亢有点接近尖叫。一只喇叭声音小，多几只连成串，高竖在楼顶，整天在喊。

趁家里没人，偷偷调收音机，时间和位置都记得很清楚，"莫斯科广播电台"的低沉男声出来，吓得不行，还是想听，一阵手风琴过后播音员讲一阵，什么也没听懂。

说说枪响，我本来很胆小，很小的时候跟大人看话剧《以革命的名义》，台上出现了列宁，马上响枪，吓得离席，往剧场外面跑。最后和大人谈条件，戏里每开一枪，得一个冰棍，才勉强回剧场看完话剧。到1967年夏天"文革""武斗"，整夜枪响，一点不怕了，早上去院子里捡子弹壳。家里没大人，都去学习班了，学习班是个军营，在那里发生的事爸爸妈妈从来没讲过，避讳。离开家前，他们在窗框上钉钉子，每天天黑前我们要把棉被挂上去，要挂两层被，想遮挡可能射过来的流弹。为躲流弹，那个夏天，我们遵嘱睡在钢丝床下面，眼看着理发馆的发卷一样的钢丝，猜外面响的是大杆枪还是机关枪。

街上孩子常玩的游戏多是冲啊杀呀打呀，男孩不再拿什么玩具枪，成群结队，各拿半块砖头。"武斗"正欢，街上很少有人，不得不外出的人都贴着房子外墙走，马路中间一个人也没有，看上去很怪异。不敢到外面玩，在家里四处摆出柳条箱和椅子，满地的障碍物，装作跌倒又爬起，玩的是"长征"。还和同学玩过坐老虎凳，考验谁能经得起严刑拷打不做叛徒，道具仿照连环画上的皮鞭和竹签子，演渣滓洞特务的要喊：

你招不招。地点在离火车站很近的一座宾馆后院，同学家里。

除了外面轰轰烈烈的声响外，拉上拉门，坐在漆地板上，家里只有紧缩和谨慎的声响。爸爸在家的早上，他领头念万寿无疆和身体健康。

前几天看一部长篇，故事贯穿上世纪50年代到70年代，显然作者缺少亲历者的感受，人物和故事都还像那个年代，但是全没写出那种特别。一个时代首先由最细微最直接的东西构成，然后，才可能还原那其中的人物，出自人物的语言和行为才不会飘浮在不确定的空气中。

现在，这些全都没了，楼房几乎拆光，到处新房子，一家贴马赛克，一万家都跟着贴马赛克，整齐划一，晃着眼睛。拍上世纪80年代的戏，也得搭景，何况更早，这样涂掉过去最省事省力。

如果你以为你还有故乡，再仔细想想，你究竟有没有过它。

2014年7月4日 深圳

小说集《1966年》前言

1966年的模样，已经有很多人不了解，或者不准备了解，或者当它是一桩沉年旧事，感觉这一页早翻过去了。

虽然，热衷于大历史的，始终还把它当作一个极特殊的年份，或褒或贬，我倒觉得它更像罗生门，未来会持续出现新的无限的讲述空间。

收在《1966年》里的十一个短篇，是有关这一年的系列小说，写在1998—1999年间，这是第一次结集出版。刚刚用了一个月的时间，逐篇重新修改校订过。

我想把1966年当作一个普通的年份来写，这涉及一种历史观。常常大事件临头，任何的个人和群体都被夹带裹挟，没人可能获得时空上的真正的洞穿力，即使一时的大获全胜者或某一瞬间里的自弃性命者，在本质上，这个人和那个人的区别大吗？时光渐渐推移，实在看着不大。为什么忽然学校停课工厂停工；为什么随意搭上一辆火车就能去任何地方串联；为什么人群亢奋一哄而起，想打倒谁就能打倒谁，想抄谁的家就去抄谁的家。很少人问为什么，事情来了就是来了。任何的个人，对于下一秒钟他将面对什么，都茫然不知，遍看天下，无一例外。各种感受掺杂搅扭在一起，有人快乐，有人惊恐。今天还在快乐，很可能第二天就变成了最惊恐的一个。

那一年我十一岁，看见很多，听见很多。不知道父母去了什么地方，怕院外木栅栏上的大字报，准备把茉莉花瓣晒成茶叶，一听到喇叭声口号声，就跑到街上去看敲鼓，看演讲，看游街，看批斗，好像生活本来就应该是这样的。

这十一段短故事，写的是那一年里一座北方城市中最普通的人们，写了记忆中1966年特有的气味、声响、色彩，和不同人的心理。

普通人的感受，最不可以被忽略和轻视。任何真实确切的感受，永远是纯个人的、无可替代的和最珍贵的，是可能贯穿影响每一条短促生命的。

希望这十一段故事能留记那一年人世间的最末梢，并以此握有穿越时光的力量。

2013年8月5日　改于长春

再去武陟记

武陟不陌生，十几年前来过。

上次去很从容，是跟在郑州打工的武陟人小王回家，走的不是架起来的高速公路，自己开车随走随停。河南乡下人口密集，人均土地少，村庄和村庄间几乎连绵了。见到抱着刚收的芝麻秸秆奔回家的小脚老太太。认识了架在屋中间，即将拆掉烧火的织布机，它是这家女主人的父亲早年亲手给她打的陪嫁。经过乡村教堂，正遇上扑通一声跪下去的一片妇女们，现在我书架上还立着她们送的一本硬皮赞美诗，简朴，带土腥加香油味，是她们自己筹钱印的。桐树下一排一丝不挂的孩子，见到生人愣着仰脸望，嘴里吃的什么呢，一定是无比的香。

我喜欢去乡村，对武陟的印象深，正是因为遇到了他们。

更早的时候，上世纪90年代曾经到过和武陟同属焦作市的孟州，记忆最深的是王屋山正在修山门，有座黄土堆的"愚公故居"。还去了黄河古道的一片麦田，黄土里不少陶片，带路的人说，这地方随便脚下踢一踢都能出文物，他捡到个石片送我，说这块就是石斧。大家都来看，说河南真是了不得。离开的时候，迎面过来长龙似的割麦机队伍，这机器比想象的高，浑身漆得油绿，每个肩膀上一面小红旗，轰轰地麦子熟了。

河南，河南是什么地方。战场，大河，麦浪，帝王墓葬，黄土一层又一层给它们一一盖住。

相比前两次，这次去武陟只有大半天时间，去了武陟的嘉应观。史料说，河南武陟嘉应观是清皇帝雍正为祭祀河神，封赏治河功臣，特地拨款修建的。据说当年是参照故宫的样子，由御用匠人监工建造，说明它的形制在当时是顶级的。可史料也说，它还叫黄河龙王庙。这两个名字的实际内涵相差太远。如果皇上和龙王级别差不多，皇家和民间之差，就是天上和地下。进观前，指引者先提醒说，现在我们走的是给皇上备的专用台阶。那百姓们专属的卑贱通道应该在哪一侧。

观里有些孩子和妇女，看得出是当地人，粗壮硕密树枝的末梢垂着无数祈福的红布条，早脏了，在风里流苏一样荡着，古树们正要兴奋地发出新芽。有座居中的建筑在维修中，高架子上的画工忙着重新描色，红蓝绿都是最饱满激烈的颜色。

我一个人向后面的大殿走，正碰见一个老太太拉她孙子进大殿，孙子大约有五岁。穿得够厚哦，一老一少身上都鼓鼓的，脸也红润，一看就是终于不缺吃也不缺穿了，也看得出是干得粗活吃得辛苦的人。

老太太拉孙子进殿，孙子后退说：怕。

他们一起回头发现了我，都有点不好意思。我不再往前走，请他们先。

他们一前一后进去，都是缓慢地骗腿儿跨过高门槛进去，老太太又回头看我，然后对孙子说：跪，快跪。孙子在那不矮的台子上趴一下，下来了，好像那是张小床。

老太太还说跪，往下按孙子，孙子挣开往外钻，这回快，一骗腿儿出来了，还是外面好，不很清亮，但是算是有日光。老太太也骗腿儿出来，他们又不好意思地看我笑。假如没有我在场，这场景或者是他们祖孙两个都跪下去，朝那迎着门的高大神像磕头。是我把他们给打断了，希望没阻断他们心里的念想。

后来就要回郑州了，时间安排就是上午出来下午返回。院子里更多的孩子在大树下跑，有人在敲钟，一下一下不着急。我问，灵吗？有个四十岁左右的妇人说：咦，二月二龙王庙那香火，可旺。看来武陟当地人并没把这个有皇家背景的观当成唯一的龙王庙，他们还另有自己的龙王庙。书上说，北魏时候的古洛阳城就有寺庙一千多座，人们需要避祸祈福，不然，他心里的怨愤不平去对哪个说。当年，听武陟人小王讲她村子里很多的事，一户人家看不上外村嫁过来的年轻媳妇，打骂，最后虐待死了，吹吹打打下葬后才通知娘家。我问，娘家不报官。她说，咦，死了就死了，报官不是更丢人。

两次来武陟，隔了十几年，看着嘉应观里的当地人，和当年区别不大，夏天的女人们还会是收麦子收芝麻收落花生，孩子们热了照样一丝不挂。书本上讲的什么皇家建筑风格，什么愚公老头祖祖孙孙挖山的寓言，都不是真正过生活的人关心的，先要吃饱穿暖再求平安求富贵，别的就没了。谁都有叫天天不应、叫地地不灵的时候，百姓的优势是，他还能扑通一声跪下许愿号啕，皇上遇上就没辙了，他遇难就是大难，没人帮他熬过去，悲哀。

2014年春

我看到的香港大学

重叠向上的大学

香港的中心在香港岛，它是香港第二大岛，虽然面积只有整个香港的百分之七，却有一百三十多万人生活在这儿，大约占香港总人口的六分之一。

一百年来，这个世界最拥挤最繁华的地方不断有不同风格的建筑渐续耸立，互相拥塞又犬牙交错，看上去各自和谐地相依着。

港岛偏西，坐落着尽人皆知的香港大学，稍有留意，就能从当地"红的"司机和周末市民举家游览校容的神态里感到普通百姓对这座香港最高学府的始终不变的仰望。

香港地铁在上世纪70年代初开始建设，最早通车的在1979年，而港铁通到香港大学是新近的事。2015年的春天，我有两个月住在这里，常在香港大学地铁站的电梯口看见穿黄色T恤的港铁职员为乘客引领指路。平时经过校内长廊，只要望向地铁站，一定能看到他们忙前忙后，微微躬身，脸上有笑容，引导乘客上电梯，稍有疑问，都会耐心讲解。特别是周末，遇到扶老携幼来游港大的市民，他们更会细心关照。在广东生活了三十年，听到他们招呼着"早晨"和"慢慢行"，那种街坊间的温软亲切都被粤语带出来了。

香港大学有很多地方和大陆高校不同，最直观的感觉是太挤了，几乎没什么开阔的空间，没有很多名校的大草坪。港大学生多走读，学校无法提供充足的宿舍，学生们每天要从香港各地赶来上课，有些要转几种公车，地铁通了，终于便利了很多。香港地铁修得艰难，实在是受地理环境限制，半山地形复杂，空间狭促。据说香港大学地铁站的站台升到大学的电梯口，要直直地拔地而起七十米。

正是地形所限，港大是在香港岛上依山逐年扩建的，这个建设的过程现在还在继续，学校里现在还有楼房在改建施工。

港大最早的历史能追溯到1887的香港西医书院，后来这所学校和另一学校合并，1911年，香港大学正式注册成立。到1916年第一次毕业典礼，只有二十三个毕业生，可见它起初规模不大，建筑也只有靠海岸平地上那栋带尖顶的主楼。当时的学校还没有像现在"步步上山"。

从香港大学地铁站通向学校的长廊里布置了很多历史老照片，有西装革履的男生和穿裙装的女生，早年能读得起港大的，多是富家子弟，有人是坐汽车带随从和佣人来上课的。

港大毕业生里，众所周知的有孙中山，他的立像现在在校内荷花池边，并不高大，但是塑像写实，有特别的亲和感。另外知名的还有张爱玲、朱光潜、许鞍华等等。

慢慢看老照片，能了解这所百年大学经历的辉煌和磨难，包括"二战"时候被日军轰炸后塌陷的屋顶断壁。无论怎样，这所大学都端坐在港岛的半山上，它主楼的尖顶、大块基石和铺地花砖，容留着不同时代青年人的勇气、求知欲和真知灼见，守持着它所秉承的精英姿态。

不同时期兴建的楼房挤在逐渐升高的校园里，有些衔接得生硬，时间长了，生出了特殊的港大味道，楼缝间多角角落落，每一栋楼每一转角都可能藏有故事。比如庄明月楼的各种传说和衍生出来的暗喻，好几个女生都同我提起，一开头就停不下来。又比如，位于后山的校长宅邸开满花朵的后院，坐着一尊朝向海湾的粗筒大铁炮。

好多港大学生没去注意后山上有座滤水厂，从那儿走小径再向上，有龙虎山环境教育中心，我叫它小白楼。

关于香港的名字，有一个说法是，当年最早登岛的英兵在香港仔上岸后，遇见一个挑担子的女人，英兵问这里是什么地方，女人用客家话随口说了一句，被英兵听成了香港。很快，这些外来者开始失望，他们发现整个香港岛缺淡水，山石结构不容易打井，他们说港岛就是一块大石头。从那时候起，淡水供应成了大问题，特别在人口陡然增加以后。征集各方意见后，开始修建蓄水塘和滤水厂。现在从太平山顶西望，能看见靠近港大的薄扶林水塘，它建在1863年，是香港第一座蓄水塘。

海水冲厕也是香港特色，在大学里能看见标记冲厕海水的专用管道。

沿着校内的后山走，可以看到很多人工垒砌的石壁间留有泄水孔和一级级向下的排水渠，山水不断汇流，始终在向水塘蓄水，即使早已经有了广东引来的东江水。现在的年轻人不太知道香港在60年代初，由于大量难民涌入和遭遇干旱，供水出现困难，1963年制定过严格的限水令，每天居民供水只有四小时。

学校的后山也叫龙虎山，山顶有1901年为加强海防设立的炮台遗址，从这里可以俯瞰维多利亚港的西口，日本攻占香港时，炮台多次遭飞机空袭，有守军伤亡。

港大的学生也可能不知道龙虎山环境教育中心，越过大学道向丛林中走不远有两栋白房子，一百年前这里是滤水厂的员工宿舍。两栋建筑，分别属于一级历史建筑和二级历史建筑：前一栋是西式风格，早年是香港水务署高级职工宿舍，高级员工多为英国人；另一栋建筑风格中西兼有，是普通工人宿舍，中国工人住这里。

第一次去环境教育中心，有个正在布展的小伙子主动过来介绍。而我注意到屋脚下，一个个布满黑土的槽里，有刚发的绿芽，每一槽都有标签，有的写着"空心菜"，有的写着"禾"。小伙子说它们刚刚下种，准备给来参观的孩子们看见我们的食物是怎么长大的。后来再去过几次，眼看着菜苗和禾苗在长高，渐渐油绿。

环境中心向游客介绍龙虎山的植物和动物，平日里都开放，当然是免费的，它属于港大和环境署，小伙子是港大在读研究生。

港大的细微之处

后来，在校园里又遇到在龙虎山环境教育中心工作的小伙子，他正背着大书包匆匆经过，和每个同样匆匆的学生没什么区别，只看外表很难洞悉到他有悉心栽培禾苗的心境。

如果和内地的大学相比，香港大学不一样的地方很多，除一目了然的建筑，多是一些很容易忽略的细部。

港大没有高音喇叭，没有不断更换的大红大蓝的标语横幅，没有大清早的列队出操。两个月的时间里，认识了各种各样的老师和同学，感觉他们都更是独自的个体，自己忙自己的，不在自己没兴趣的事情上耗费时间精力。

内地高校内外各种小吃摊和小店多，常围满学生。在港大，即使校内餐饮也安静，不声张，在这里"吃"显得远没有那么重要，市井气没那么浓重。事实上港大的餐馆不少，包括素食馆和社会救助机构的非盈利小店。

也许和走读有关，港大的学生更匆忙，走路飞快，漫步的和闲聊的很少。每天在不同教学楼之间转场的十几分钟，是人声鼎沸也行色匆匆的时候。学生们说，平时紧跟着课表跑，即使半路上遇见好朋友也常顾不上打招呼。

一位从内地来的本科生告诉我，刚入校的新生多能获得学校的宿舍安排，他们叫"舍堂"。在舍堂住满一年后，学校和周围环境都熟悉了，也到了下一届新生入学的时候，会重新分配舍堂，继续留住很难，要符合很多硬指标。升到大二，大家多去校外租房，学校会有补贴。一位同学来自河南，同三个女生合租了离学校比较近的房子，"三年死租"，意思是三年内不加房租，五十多平方米，月租金一万三千五百港币，在房价不断升高的港岛，算是很幸运的了。

听说，香港大学在2014年招收三百名内地本科生，招外国留学生也是三百人，不包括研究生。

在电梯里，几次遇到讲韩语的女孩，是来这里学汉语的韩国人。

香港以外的学生在大一就开粤语课，是必修课。

我问她们，能逃课吗？

她们说：不能随便旷课，会有出课记录的。

港大的各种课外讲座多，都想去听是不可能的，一个周末晚上，几场讲座同时开始。讲座海报都贴在告示栏。整个校内的标识，英语多过汉语，好多海报是双语的，也有些只是英语。

有位研究语言的同学告诉我：香港的学生更把汉字当成应用工具，很少有母语感，他们的基础教育里没有统一的汉语拼音，不同的学校教不同的汉字拼写方法，据她了解有七种之多。用键盘打汉字得用偏旁部首，比较起来，直接使用英语更方便快捷。对于在香港读书长大的孩子，汉字和英文一样，都是工具，他们的母语是粤语。从内地来读书的学生很快就把汉字输入法改成繁体，很多简体字香港的同学不认得。

中午以后，很多学生活动开始，太阳伞下面摆出各种摊位。我关注做中国贫困地区教育的"香港大学学生会中国教育小组"，他们的口号是"生命点燃生命"，具体的项目是"致力改善着贫困地区的教育情况，为国内面临失学的学生筹募学费，组织考察团到内地山区学校义教，进行家访并同时监察善款运用"。他们的口号是"你有没有想过，原来二十元等于贵州农村学生两天的学费，每月捐助二十元，虽然看似微不足道，但只要有十二人的参与，就足以负担一个贫困学生一年的学费。你的点点付出。足以为贵州农村学生带来无限的改变"。这个机构"非宗教，非政治，非牟利，不受薪"。

当然更多学生去看漫画，找好听的音乐、好玩的手工制作或尝尝韩国小甜食，他们被更时尚的东西吸引。学生活动开始后的校园长廊像个热闹的集市。

我在校内的住处要不断地爬山爬山，陡直地望下去，有个运动场地，有时候学生在拉弓射箭，有时候撤了箭靶打网球，在屋子里能听到箭射进草靶或网球弹落地面的不同响声。

港大是没有人守校门的，它全开放。周末时候，学生明显少了，校园里换成各种各样推儿童车和老人轮椅的，好奇地到处巡视。

一次一个路过的儿童碰响了消防报警装置，几秒钟里，从三个方向跑来三个穿白色上衣的警卫人员。

校内行人最多的通道上有个鲜明的标志，是火警集中处。

也常有穿校服的中学生排队来参观，到处拍照。他们说到考取港大，跟内地孩子考取北大的感觉差不多，如果不是去英美读大学，很多香港孩子当然首选港大。

后山的一大早，先有各种稀奇古怪的鸟叫，是那位种禾苗的研究生告诉的，这山上有一百二十种鸟类和八十种蝴蝶。如果是周末，随着太阳升起，登山的人多了，树间隐约传出他们的讲话声。

我要离开的时候，正临近期末，考试集中，一位同学说，常常学校的各餐厅会在考试日免费发苹果，同学们都可以来领，意思是平安考过，是一个祝福。她说，看见发苹果一定告诉我，可是今年发苹果的场面，她也错过了。

倒是住处柏立基的餐桌上，每天有一只苹果或一只橙。晚上，几乎没客人，餐厅师傅阿伟系围裙出来，每说话必微微前躬身子，好彬彬有礼的师傅。忙过一天的餐饮，他能轻松聊几句了，聊了才知道他读过很多书的。

香港和港大的意义

该怎样描述香港才更贴切？

大家都知道在老歌里把它唱成"东方之珠"，但它需要不断地被重新定位和认识。就像每天都在变化的每个港大的读书人。

这个问题我想了很久，看过一些回忆录，去过历史博物馆，问过一些有经历的人。

有个有趣的角度，从香港人口变迁的数据来看：

1841年估计全港有7000人。

1845年有了最早的人口统计，香港人口23817。

1861年是119321人。

这一段的人口剧增，和太平天国起义、内地战乱、难民涌入有关。

1900年义和团起义，随后的军阀内战，香港人口增加到20万。

抗战开始，1939年日军占领了广州，大量逃难者涌入香港，人口激增到160万。

而1941年香港也沦陷，港人又逃向内地，二战结束的1945年，香港的人口只有60万。

随后不到五年，到1950年，香港人口达到了236万，几乎激增4倍。

在内地饥荒四起的1960年，香港人口301万。

后来不到二十年间的1979年，香港人口500万，其中百分之三十九，是二十岁以下的青年人。

这些陡增陡减的数字，背后是一个个肉身的人在流动，几乎都伴随着饥饿，奔跑，恐惧，困苦，匮乏，一个人有一个故事，一万个人就可能讲出一万个故事。

我想，香港对大陆而言，像个荷包，有时候它鼓起来，有时候瘪下去。大陆遇到灾难困苦，它会鼓起来，用它狭促的陆地和海域，去容纳那些需要庇护的；而另一些时候，人们转去大陆或海外讨生活，把它空空瘪瘪地留在海边。对流民，它是一块稳定的福地，鼓鼓瘪瘪能伸能缩，才是香港岛久远而富有张力的特别功能。

刚到香港时候，听一位教授说：我们香港好奇怪，大陆好的时候，我们不好；大陆不好的时候，我们就好，就是这个样，真不知是为什么。

一百多年的时间里，给数以百万计的流民落脚生根，先给他们衣食淡水和谋生机会，再让他们和他们的后辈能够进学堂读书，成为这片土地的主人，把它擦亮，变成真正的东方珠宝。是不是可以说，有了香港大学的香港似乎不只是荷包，还可以是故乡是香袋是锦囊。

2015年9月29日

图书在版编目（CIP）数据

害怕：王小妮集 1988～2015 / 王小妮著. -- 北京：作家出版社，2017.4

（标准诗丛）

ISBN 978-7-5063-9105-4

Ⅰ.①害… Ⅱ.①王… Ⅲ.①诗集-中国-当代 Ⅳ.①I227

中国版本图书馆 CIP 数据核字（2016）第 194995 号

害怕——王小妮集 1988～2015

作　　者：王小妮
责任编辑：李宏伟
装帧设计：合利工作室
出版发行：作家出版社
社　　址：北京农展馆南里 10 号　　邮　　编：100125
电话传真：86-10-65930756（出版发行部）
　　　　　86-10-65004079（总编室）
　　　　　86-10-65015116（邮购部）
E-mail：zuojia@zuojia.net.cn
http://www.haozuojia.com（作家在线）
印　　刷：北京尚唐印刷包装有限公司
成品尺寸：130×210
字　　数：223 千
印　　张：11.375
版　　次：2017 年 4 月第 1 版
印　　次：2017 年 4 月第 1 次印刷
ISBN 978-7-5063-9105-4
定　　价：48.00 元